新日本語能力測驗對策

助詞N3・N2綜合練習集

新井芳子
蔡　政奮　共著

鴻儒堂出版社發行

前　言

大多數的日語學習者都認為助詞是頗為困難的學習項目之一。但也是在各種的考試中必考的問題。更是能否表達正確日語的重要指標。本系列練習集共分「N5・N4」，「N3・N2」，「N1」之三冊，依序練習或依程度練習，可達到下列之學習效果。

1. 依日語能力測驗之級別做分級編排練習，容易學習。
2. 由易入難、由簡入繁，對於想依序學習或複習助詞者，可於最短時間內得到最大的學習效果。
3. 問題集以填空方式練習，如重複多次練習，可達到自然體會、自然運用助詞的目的。
4. 助詞接上其他語詞可形成各種不同的文意。故藉由大量練習，可依實例體會出每一個助詞的各種不同方式的運用。
5. 全文附中譯，可補助理解並利於記憶。同時可當為日翻中以及中翻日的短文練習題材，達到一書多用的目的。

本書以練習為目的，如能配合各類日語文法書籍使用效果更佳。若能對學習日語者有所助益，將是著者的無上喜悅。

著者謹識

目　録

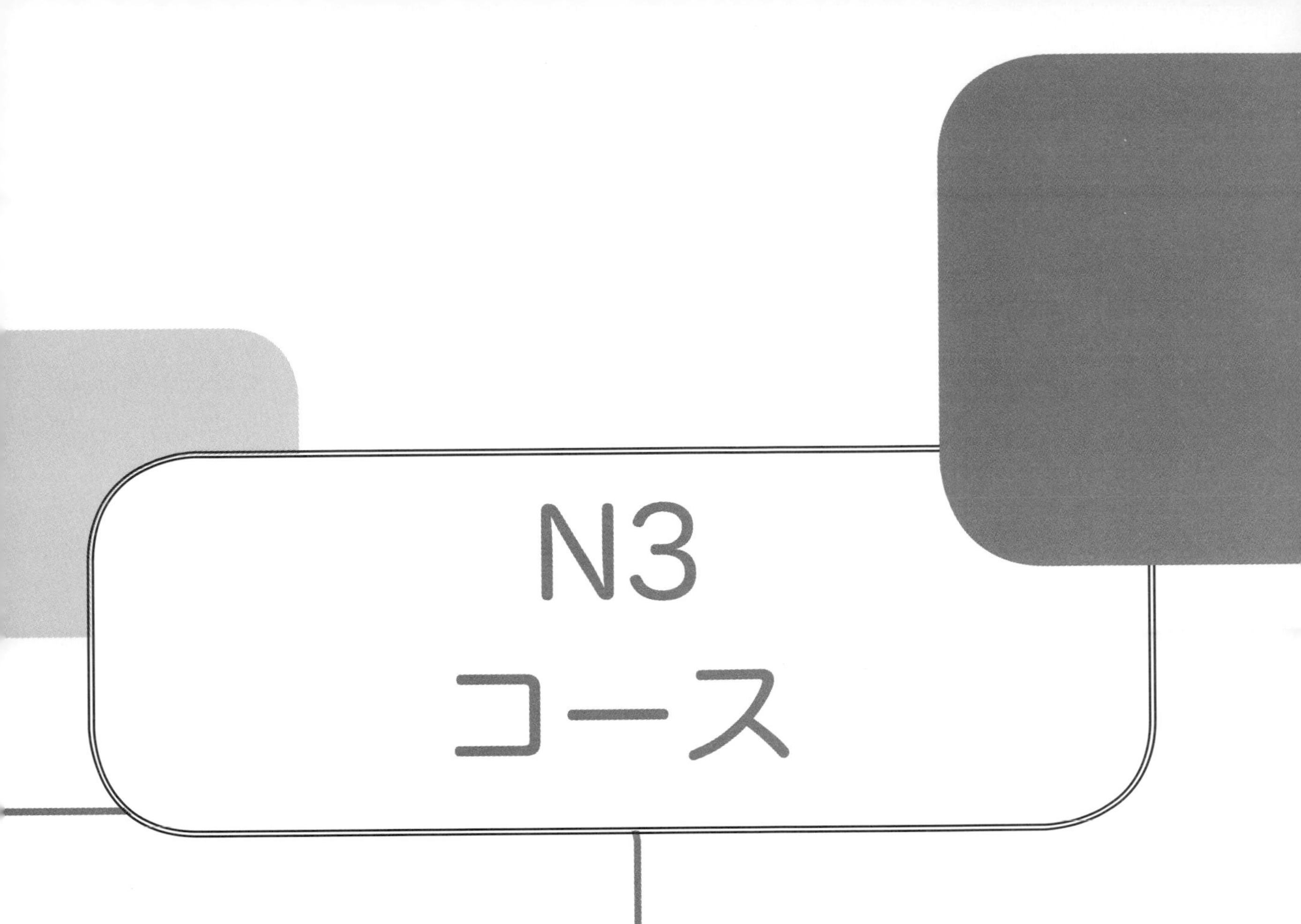

N3 コース

練習 1

次の問題の（　）の中にひらがなを一つ入れなさい。必要でないときは×を入れなさい。

1 これから総理大臣の記者会見（　）始まるところです。

2 中国語には「夏バテ」（　）ぴったり相当する言葉がない。

3 今日は頼さん（　）お会いできて、本当に良かったと思っております。

4 病気（　）なって、はじめて健康（　）ありがたさが分かった。

5 台風の日に、あの人は家の窓（　）開けたまま外出してしまったようだ。

6 母（　）よく自由行動の多い団体のツアー（　）日本へ行っている。

7 母：圭ちゃん、ちょっと手紙（　）出してきてくれない？
子：いいよ。ぼく、ついでに公園（　）散歩してくるね。

8 先日、鈴木さんから心のこもった（　）お手紙をいただいた。

9 あの人は一枚の紙（　）見事な日本人形（　）折りあげた。

10 信号のトラブル（　）電車が若干遅れている。

11 何となく気分（　）すぐれないときは、このお茶を飲む。

12 学校の近くに部屋（　）借りました。三人（　）借りているので、家賃や公共料金はかなり節約できます。

13 父は用事（　）あると言って、いつも（　）（　）2時間も早く出かけて行った。

14 おじいちゃんはパソコン（　）買って、孫（　）メールを送った。

15 A：このお酒（　）なかなかいけますね。

B：そうでしょう。これは沖縄特産（　）焼酎で泡盛と言います。

⑯ 身分証明書がない（　）、書留は受取れない。

⑰ あれ？窓（　）開いている。確か学校へ行くときに閉めたはずな（　）（　）おかしいなあ。

⑱ 彼は毎月、宝くじ（　）買っているが、当たったことはなかったそうだ。しかし、今回は１等賞（　）当たった、とよろこんでいた。

⑲ 今度の新しいアパートは交通の便（　）いいので、外出する（　）（　）とても便利です。

⑳ 客　：ハンバーガーを一つ（　）コーラをください。

店員：ここ（　）召し上がりますか、それともお持ち帰りですか。

㉑ 明日は気温が８度（　）（　）下がるそうです。

㉒ アルバイト（　）働いたお金をどこかに落としてしまった。

㉓ 患者：先生、歩い（　）（　）いいですか。

医者：ええ、手術の後は、できる（　）（　）歩くようにしてください。そのほうが回復が早いんです。

㉔ 今度の日曜日は、天気（　）よければ山登り、天気が悪けれ（　）、部屋の片付けでもしよう。

㉕ 蛙の子は蛙。息子（　）歌手になりました。

㉖ 母（　）買ってもらった財布（　）なくしてしまった。

㉗ A：台風（　）接近してきているようですから、明日からの旅行（　）中止でしょうか。

B：中止じゃなく、たぶん延期（　）なるでしょうね。

㉘ 明日（　）（　）（　）何がなんでも滞納している家賃（　）払わな

ければ、追（お）い出（だ）される。

㉙ それは偽物（にせもの）です。どこ（　）騙（だま）されたんですか。そんなものはどこ（　）（　）売（う）っていますよ。

㉚ 今日（きょう）は春（はる）のようにあたたかいですが、明日（あした）（　）（　）また寒（さむ）くなるそうです。まさに三寒四温（さんかんしおん）ですね。

㉛ 夕（ゆう）べはクーラー（　）つけたまま寝（ね）てしまったので、おなか（　）冷（ひ）えてしまった。

㉜ これはパンを焼（や）く（　）（　）使（つか）います。おいしいパン（　）焼（や）けますよ。

㉝ かぜの予防（よぼう）（　）何（なん）と言（い）っても、毎日（まいにち）、こまめ（　）うがいをすることです。

㉞ カード（　）あるから、現金（げんきん）（　）1000元（げん）もあれば十分（じゅうぶん）です。

㉟ このドラマ（　）実（じつ）によくできています。

㊱ これは息子（むすこ）（　）花蓮（かれん）の大理石（だいりせき）（　）作（つく）ったテーブルなんですが、なかなかの出来栄（できば）えでしょう。

㊲ この検査（けんさ）は血液（けつえき）（　）1時間（じかん）ごとに3回（かい）（　）採血（さいけつ）して行（おこな）います。

N3コース

練習1（要點解說）

1 ここは交通(こうつう)の便(べん)がいいので、外出(がいしゅつ)する**のに**とても便利(べんり)です。

「～（の）に」表示「用於～」，「為了～」，「作為～」的意思。

2 できる**だけ**歩(ある)くようにしてください。

「だけ」是表示限定的程度。而「できるだけ」是「儘量」，「儘可能」的意思。依照文章的文意，可以從「如果可能的話」，的口氣比較弱的意義，到「在能力或是狀況的最大範圍内」的口氣較強的意義都涵括在内。

3 **蛙(かえる)の子(こ)は蛙(かえる)。**

表示「孩子大概都與父母親相似」之意。另外也有「凡人所生的兒子也是凡人」的意思。類似「有其父，就必有其子」的諺語。

練習1（中譯）

1 從現在開始日本的首相即將舉行記者會。

2 在中文裡頭，沒有與「夏バテ（因酷夏而無精打采）」完全相符的話。

3 今天能和賴先生見面真感光榮。

4 因生病才知道健康的難能可貴。

5 颱風天那天那戶人家似乎窗戶未關就外出了。

6 家母時常參加自由行較多的旅遊團前往日本旅遊。

7 母：小圭，可以去幫我寄一下信嗎？

子：好啊。我順便去公園散步喔。

8 前幾天，鈴木先生寄給了我一封滿懷盛情的鼓勵函。

9 他用一張紙折出了唯妙唯肖的日本娃娃。

10 因為信號燈故障所以電車稍微延誤。

11 在我覺得精神不濟時，我就喝這種茶。

12 我在學校附近租了房子，因為是三個人一起租，所以省下了許多租金及水電等公共費用。

13 家父說有事，就比平常早兩個鐘頭出門了。

14 爺爺買了電腦，然後寄了電子郵件給在美國的孫子。

15 A：這酒蠻順口的。

B：對啊。這是沖繩特產的白酒稱作「泡盛」。

16 依規定沒身分證明，不能領掛號信。

17 咦？窗戶開著。我確實要去上學時關上的，奇怪囉。

18 聽說他雖然每個月都買彩券，卻從來沒有中過，但這次中了頭獎。

19 這次租到的公寓因為交通便利，外出時非常方便。

20 顧客：我要一份漢堡和可樂。

店員：內用嗎？還是外帶？

21 聽說明天的氣溫會下降到８度。

22 工讀賺來的錢不知在哪裡遺失了。

㉓ 病人：醫生，我可以走路嗎？

醫生：可以，手術後請盡量多走動。這樣會康復得比較快。

㉔ 這個週日天氣好的話去爬山，天氣不好的話就整理房間吧。

㉕ 有其父就必有其子。我兒子也成了歌星。

㉖ 我把母親買給我的錢包弄丟了。

㉗ A：因颱風似乎正迎面而來，明天的旅遊會停辦吧？

B：不是停辦而是延期吧。

㉘ 到明天為止無論如何必須要繳滯納的租金，否則會被趕出去。

㉙ 那是個贗品。你是在哪裡被騙了？這種東西到處都有在販賣。

㉚ 今天就像春天一樣地暖和，但是據說明天開始又會變冷。簡直就是春寒乍暖啊。

㉛ 因昨晚冷氣未關就睡著了，所以肚子著涼了。

㉜ 這是用來烤麵包的。可以烤出好吃的麵包。

㉝ 預防感冒再怎麼說還是要每天勤勞地漱口。

㉞ 因為有信用卡，持有1000元現鈔就足足有餘了。

㉟ 這齣戲的腳本實在是寫得很出色。

㊱ 這是我兒子用花蓮的大理石做的桌子，做得還不錯吧！

㊲ 這項檢查每１小時抽血３次。

練習１解答

1 が　2 に　3 に　4 に、の　5 を　6 は、で

7 を、を　8 ×　9 で、を　10 で　11 の（が）　12 を、で

13 が、より　14 を、に　15 は、の　16 と　17 が、のに

18 を、が　19 が、のに　20 と、で　21 まで　22 で

23 ても、だけ　24 が、ば　25 も　26 に、を　27 が、は、に

28 までに、を　29 で、でも　30 から　31 を、が　32 のに、が

33 は、に　34 が、は　35 は　36 が、で　37 を、×

練習 2

次の問題の（　）の中にひらがなを一つ入れなさい。必要でないときは×を入れなさい。

1 母は新聞（　）折り込み広告を見ては、スーパーへ出かけ、特売品（　）買いあさってくる。

2 A：お茶をもう一杯（　）いかがですか。

B：ありがとうございます。そろそろ（　）失礼しますので、どうぞおかまいなく。

3 これから食事（　）行くところですが、よかったら陳さん（　）いっしょにいかがですか。

4 今まで旅行したところの中で、いちばん印象（　）残っているのはどこですか。

5 バス（　）待っていたら、友たちがオートバイ（　）通りかかって、家まで送ってくれました。

6 暑い、暑いといっ（　）（　）やはり秋で、朝晩は涼しい。

7 A：すみませんが、どこで高速鉄道の切符（　）買えますか。

B：ここ（　）まっすぐに行って、突き当たり（　）右に曲がると、切符売り場がありますよ。

8 午後コーヒーを飲む（　）、眠れなくなるという人がいる。

9 MRTの中（　）日本で買った傘（　）忘れてしまいました。

10 日本人の国民食（　）も言えるカレーはだれに（　）（　）簡単に作れる。

11 この本は日本語を学ぶ（　）（　）、とても参考（　）なります。

⑫ 詳細は下記の事務局（　）（　）お問い合わせください。

⑬ こんなに面目ない姿（　）だれにも見られたくなかった。

⑭ Ａ：高雄から来る（　）高速鉄道は何番線ですか。

　Ｂ：さあ。ホーム（　）電光掲示板（　）表示してあるでしょう。

⑮ あの赤い帽子（　）かぶって、サングラスをかけている女性（　）この映画のヒロイン役の人です。

⑯ どうしてもこの一戦（　）（　）は負けられない。

⑰ あの人は喜怒哀楽の少ない（　）穏やかな人です。

⑱ 外食をする（　）高いですから、自分（　）作るようにしています。

⑲ 不動産屋：４畳半（　）10畳の洋室です。これ（　）８万円ですが、いかがですか。

　客　　　：そうですね。じゃ、ここ（　）します。

⑳ 弟は逃げ（　）隠れもしません。話（　）あるなら、弟に直接言ってください。

㉑ 夏に家族（　）一人増えるんで、もう少し広い（　）ところへ引越ししたいと思っている。

㉒ コートのポケット（　）お金を入れたままクリーニング（　）出してしまった。

㉓ 明日から期末試験だ。何時間もDVD（　）（　）見ている場合ではない。さあ、勉強（　）始めよう。

㉔ わが家では家族の都合（　）、みんな別々（　）時間に食事をしています。

㉕ 今日はちょっと銀行（　）寄ってから、学校へ行きたいので、少し早

めに家（　）出ようと思います。

㉖ この図書館は、今月（　）（　）利用者の便宜（　）図るため、朝9時から夜の9時半まで開館しています。

㉗ 紀子：ゆうちゃんは七夕さま（　）何をお願いしたの？

ゆう：オーディション（audition）（　）合格しますようにって。

紀子：何（　）オーディション？

ゆう：歌（　）ダンス。歌って踊れる歌手になりたいの。紀ちゃんの夢（　）何？

紀子：わたし（　）漫画家。

㉘ 短冊（　）願い事を書いて、笹の葉に飾る七夕の風習（　）江戸時代から始まった。

㉙ A：昨年、海外旅行中に病気（　）なってしまったんです。外国で病気をしたとき（　）（　）心細いものはないですね。

B：そうでしょうね。それで、どうしたんですか。

A：一緒に行った（　）ガイドさん（　）病院へ連れていってもらったんです。

㉚ 南国とは言え、さすが2月ともなる（　）、台湾も寒くなる。

練習2（要點解說）

❶ 4畳半**に**10畳の洋室。

「名詞＋に＋名詞」表示「和～」，「再加上～」的意思。

❷ **逃げも隠れもしない**

表示不做逃跑或隱匿的卑鄙行為，慣用句。

❸ 外国で病気をしたとき**ほど**心細いものはない。

「ほど」表示「用比喻的方式形容其程度的狀況」。「～ほど～ない」表示「沒有比～更～」的意思。

練習2（中譯）

1 家母每看到夾報廣告就前往超市蒐購特賣品回來。

2 A：要不要再來一杯茶呢？

B：謝謝您。我這就要告辭了，所以請您不用介意。

3 我現在正要去用餐，如果方便，小陳也一起去嗎？

4 到目前為止去旅遊過的地方中，印象最深的是哪處？

5 當我在等公車的時候，剛好同學經過，就用機車送我回家。

6 雖說很熱，但畢竟是秋天，早晚已有涼意。

7 A：請問在哪裡可以買到高鐵車票？

B：往前直走，到盡頭右轉就有售票處喔。

8 有人在下午喝了咖啡晚上就睡不著覺。

9 我把在日本買的傘遺忘在捷運內了。

10 可稱為是日本大衆美食的咖哩飯，誰都能輕易烹煮。

11 這本書頗值得學日語之時參考。

12 詳細請向下列的辦事處詢問。

13 當時這麼丟臉的窘狀，我真的不想被任何人看見。

14 A：高雄來的高鐵是在第幾月台？

B：哦～。應該在月台的電子告示板有標示吧！

15 戴著紅帽掛著墨鏡的那位女性是這部電影擔任女主角者。

16 無論如何這場比賽不能輸。

17 他是一位很少表露喜怒哀樂的穩重的人。

18 在外面用餐花費大，所以盡量自己煮。

19 仲介商：４疊半和10疊的西式房間。房間的租金是八萬日圓，您覺得怎麼樣？

客　戶：嗯～。那麼、就決定這一間。

20 我弟弟既不會逃走也不會躲起來，如果有什麼話，請你直接告訴他。

21 我家在這個夏天又要添個寶寶，所以想搬到比較寬敞的地方。

㉒ 我把錢擱在大衣的口袋就拿去洗衣店送洗了。

㉓ 明天開始期末考。不是連看幾個小時DVD的時候了。我這就趕快開始唸書。

㉔ 我們家因為每人出門以及回家的時間不同，所以大家吃飯的時間不一。

㉕ 今天要順道先去銀行然後才去學校，所以要提早出門。

㉖ 為了提供讀者的方便，這間圖書館將關閉時間延到晚上９點半。

㉗ 紀子：小悠，在七夕時你許了什麼願？

小悠：我希望試鏡能夠成功。

紀子：是什麼樣的試鏡？

小悠：歌唱和舞蹈。我想成為能歌善舞的歌手。小紀的夢想是什麼？

紀子：我想成為漫畫家。

㉘ 把許下的願望寫在紙箋上、吊掛在竹枝上的七夕風俗習慣，是從江戶時代開始的。

㉙ Ａ：去年，到海外旅遊時生了病。在國外生病實在是令人不安。

Ｂ：是啊。那時是怎麼處理的呢？

Ａ：同行的領隊帶我去了醫院。

㉚ 台灣雖然說是屬於南方的國家，但是一到２月畢竟還是寒氣逼人。

練習２解答

❶ の、を　❷ ×、×　❸ に、も　❹ に　❺ を、で　❻ ても

❼ が、を、を　❽ と　❾ に、を　❿ と、でも　⓫ のに、に

⓬ まで　⓭ は　⓮ ×、の、に　⓯ を、が　⓰ だけ　⓱ ×

⓲ と、で　⓳ と（に）、で、に　⓴ も、が　㉑ が、×

㉒ に、に　㉓ など、を　㉔ で、の　㉕ に、を　㉖ から、を

㉗ に、に、の、と、は、は　㉘ に、は　㉙ に、ほど、×、に

㉚ と

練習 3

次の問題の（　）の中にひらがなを一つ入れなさい。必要でないときは×を入れなさい。

1 A：どうしたんですか。目（　）真っ赤ですよ。

B：昨晩、コンタクトレンズ（　）したまま寝てしまったんです。朝起きたら、目（　）痛くて、痛くて。

2 あの人は若い（　）（　）しっかりしている。とても二十歳（　）は思えない。

3 今年の冬は、祖父（　）祖母に色違い（　）マフラーを編んであげようと思っている。

4 近年、世界の各地（　）大きな地震が発生していますが、地震（　）ほんとうに恐ろしいですね。

5 客　：あの、すみません。さっきの電車の中（　）忘れ物をしてしまったんですが。

駅員：何両目の車両（　）分かりますか。

客　：確か、前（　）（　）3両目だったと思うんですが。

駅員：そうですか。忘れ物（　）何ですか。

客　：紙袋（　）入れた写真集なんですが。

6 公園の片隅（　）子犬（　）ぽつんと捨てられていた。

7 壁（　）頭をぶつけたときは、目（　）（　）火が出る（　）（　）痛かった。

8 この京都の桜は、友達の鈴木さん（　）撮って、送ってくれたものなんです。

⑨ 休日はよく台北近郊へ自転車（　）出かけています。風を切っ（　）走るのは、気持ち（　）いいですよ。

⑩ 天気予報によると、台風は今晩夜半には台湾東部（　）上陸するそうです。

⑪ 彼は旅行（　）中止し、散歩に出かけた。そして、ついでに動物園（　）立ち寄った。

⑫ 熱（　）あるので、今日（　）休ませていただけませんか。

⑬ 彼は朝（　）（　）機嫌の悪そうな顔（　）しています。

⑭ Ａ：しまった！キャッシュ・カード（　）落としてしまった。

Ｂ：えっ？じゃ、とにかく早くカード会社（　）電話しないと。

⑮ 明日は朝の９時に社長の説示（　）あることになっています。

⑯ どうして成績が悪いかと言え（　）、やはり普段の勉強（　）足りないからでしょう。

⑰ ふとしたことから喧嘩（　）すれば、いい友だちになることもある。

⑱ あ、いけない。美容院（　）予約しておいた（　）をすっかり忘れていた。

⑲ 姉は自分の部屋（　）入ったまま、何時間経っ（　）（　）出てきません。

⑳ 駅前のコンビニ（　）アルバイト（　）募集をしている。

㉑ この難問（　）解けるとはさすがだ。

㉒ 日本では秋になる（　）、木の葉が赤や黄色になります。

㉓ あの人は金持ちな（　）（　）、とてもケチです。

㉔ 今日は引越しだ（　）、昼ごはん（　）晩ごはんもコンビニの弁当

（　）我慢しよう。

㉕ 急に歯（　）痛くなって、病院へ行ったが、予約していなかったため、2時間（　）待たされた。

㉖ あと2点（　）能力試験のN3に合格した（　）（　）。悔しい！

㉗ 山田：そろそろお盆（　）帰省ラッシュが始まりますね。

黄　：山田さんはいつ（　）帰るんですか。

山田：今年は9月の初めに姉（　）結婚するので、その時に帰るつもりです。

㉘ 案の定、昨日の忘年会では、苦手な歌（　）歌わされてしまった。

㉙ 将来、少しでも社会（　）貢献できるような仕事（　）就きたいと思っている。

㉚ 今朝、出勤の途中、うっかりして一方通行（　）道を車で走ってしまった。

練習3（要點解說）

1 壁に頭をぶつけたときは、**目から火が出る**ほど痛かった。

「目から火が出る」形容「當頭部遭受強烈撞擊時，覺得突然眼前一片黑暗而有星光交錯的感覺」，慣用句。

2 どうして成績が悪いか**と言えば**～。

「～と言えば」表示「說到～」，「談到～」的意思。

練習3（中譯）

1 A：你怎麼了？眼睛紅冬冬的。

B：昨晚因戴著隱形眼鏡睡著了，早上一起床就眼睛刺痛。

2 他雖然年輕但卻沉著能幹。真讓人感覺不出只有二十歲。

3 今年冬天，我打算各織一條不同顏色的圍巾送給爺爺和奶奶。

4 近年來，在世界各地發生了許多大地震，地震實在是恐怖啊。

5 客人：不好意思。我在剛剛的電車中忘了東西。

站員：您知道是第幾輛車廂嗎？

客人：我想確實是前面的第三輛。

站員：這樣子啊。是忘了什麼東西？

客人：是放在紙袋內的相簿。

6 在公園的角落裡有隻小狗被孤零零地遺棄。

7 當我頭撞到牆壁時，痛得眼冒金星。

8 這張京都的櫻花照，是我的朋友鈴木小姐（先生）拍下來送給我的。

9 我在假日時常騎著腳踏車出遊到台北的郊區。乘風馳行令人心曠神怡喔！

10 依天氣報告颱風將在今晚深夜登陸台灣東部。

11 他取消了旅行，外出散步。並且，順道去了動物園。

12 我因為發燒，今天可以請假嗎？

13 他從早上就一臉不悅的樣子。

14 A：糟糕！我把金融卡搞丟了。

B：咦？丟在哪兒？

A：我不知道。總之得趕快打電話給發卡銀行。

15 明天早上9點社長要給大家訓話。

16 為什麼成績不好，還是平時不夠用功的緣故吧。

17 由於偶然的一點小事有時也會吵起架來，有時也會成為好朋友。

18 唉呀！我完全忘了早先跟美容院預約的事。

⑲ 姊姊進了自己的房間後過了幾個小時也都不出來。

⑳ 車站前的便利商店在召募工讀生。

㉑ 能解這道難題，不愧是高手。

㉒ 日本一到秋天，樹葉就轉紅或轉黃。

㉓ 那個人很富有卻很吝嗇。

㉔ 今日因為搬家，中餐和晚餐都只能吃便利商店的便當果腹。

㉕ 突然牙齒發痛，去了醫院，但因沒有預約，苦等了２小時。

㉖ 只差兩分就可考上N3檢定考試。真不甘心！

㉗ 山田：馬上就是盂蘭盆節的返鄉車潮要開始了耶。

黃　：山田小姐什麼時候回去呢？

山田：今年因為九月初我姐姐要結婚，所以我打算那時候再回去。

㉘ 不出所料在昨天的尾牙聚餐，被慫恿唱了我不擅長的歌。

㉙ 我想將來能盡微力從事能對社會有益的工作。

㉚ 今早上班途中，一不小心把車開進了單行道。

練習３解答

❶ が、を、が　❷ のに、と　❸ と、の　❹ で、は

❺ に、か、から、は、に　❻ に、が　❼ に、から、ほど　❽ が

❾ で、て、が　❿ に　⓫ を、に　⓬ が、は　⓭ から、を

⓮ を、に　⓯ が　⓰ ば、が　⓱ も　⓲ を、の　⓳ に、ても

⓴ で、の　㉑ が　㉒ と　㉓ のに　㉔ し、も、で

㉕ が、も（×）　㉖ で、のに　㉗ の、×、が　㉘ を

㉙ に、に　㉚ の

練習 4

次の問題の（　）の中にひらがなを一つ入れなさい。必要でないときは×を入れなさい。

1 国際会議（　）出席するため、社長は朝一の便（　）ニューヨークに向けて出発された。

2 この家は今はだれ（　）住んでいないらしく、いつも窓（　）閉まっている。

3 アメリカの大学を卒業した（　）（　）、就職できない？

4 この月刊誌は30年間発行されてきた（　）、ついにこの３月（　）もって休刊となった。

5 会議（　）始めようとしたとき、突然、火山の爆発（　）ヨーロッパの飛行機がすべて欠航になった、というニュース（　）飛び込んできました。

6 報道によると、今回の台風（　）、台湾南部は大きな被害（　）受けたそうだ。

7 子どものころ（　）（　）ピーマンと人参が嫌いだったが、それで病気（　）なったということはない。

8 オープン初日の混んでいる大型スーパーの中（　）財布をすられてしまった。

9 北極の氷（　）溶けてなくなったら、この地球（　）いったいどうなるのだろうか。

10 最近、原油の値上がり（　）、乗用車の売上は20%も減ったそうだ。

11 彼は徹夜（　）宿題のレポートを書いたそうで、今日は眠そうな顔

（　）してる。

⑫ 私は５年間、書道（　）習ってきたが、今後（　）時間の許す限り続けていきたい。

⑬ 散歩の途中、にわか雨（　）降られて、びしょびしょに濡れてしまいました。

⑭ 旅行している間に泥棒（　）入られてしまった。

⑮ 蚊に刺された子供たち（　）気をつけない（　）デング熱にかかってしまいます。

⑯ 先ほどから、黒っぽい目出し帽をかぶった人（　）、家の前を行っ（　）（　）、来（　）（　）している。

⑰ A：来週の日曜日は母の日ですが、今年は何（　）プレゼントするんですか。

B：水着です。母は先月（　）（　）水泳を始めたんですよ。

A：いいプレゼントですね。私は母（　）いないから、祖母の好きな黄色いバラの花を年の数（　）（　）兄と一緒に贈っています。

B：へえ。素敵じゃないですか。

A：そうですか。本数（　）多いから、今晩、お花屋さん（　）注文しておかなくては。

⑱ 災害はいつ（　）起こるか分からない（　）（　）、日頃の備えが大切です。

⑲ A：今年の冬休みは日本に１か月（　）（　）滞在する予定です。

B：いいですね。親戚（　）（　）友達とかがいるんですか。

A：おばが日本（　）嫁いでいるんです。

20 外国から輸入している果物（　）新鮮そうに見えますが、農薬（　）残っているかもしれません。

21 中村さんには10年前に会った（　）（　）、それ以来、ご無沙汰しています。

22 佐藤さんは気（　）入ったものであれば、お金には糸目（　）つけずに買ってしまうタイプの人です。

23 交通規則は子ども（　）言えども、守らなければいけません。

24 この料理は味（　）淡白すぎる。わたしはやっぱり多少油っぽい（　）ほうが好きだ。

25 山田さんはその話に興味（　）持ったらしいです。

26 受験勉強をしているとき、母はよく夜食（　）鍋焼きうどんを作ってくれたものです。

練習4（要點解說）

1 この月刊誌はついにこの３月**をもって**休刊となった。

「～をもって」表示「在～時候結束」的意思。

2 先ほどから知らない人が家の前を行っ**たり**、来**たり**している。

「～たり～たりする」表示「兩個相反的動作或狀態的重複」。

3 中村さんには10年前に会った**きり**、それ以来、ご無沙汰しています。

「～きり～ない」「～きりだ」表示「最後一次的動作或行為」。有「就只有這麼一次」，或是「只～再也沒有～」的意思。

4 **糸目をつけない。**

「糸目をつけない」表示「一點兒也不覺得可惜，再多錢也會花費」的意思，慣用句。例：彼女はおいしい物を食べるためには金に糸目をつけない（她為了享用美食再貴也寧願花費）。

5 交通規則は子ども**と言えども**、守らなければいけません。

「～と言えども」表示「～とは言っても（即使是～也～）」，「たとえ～でも（就是～也～）」的意思。

練習4（中譯）

1 為了出席國際會議，社長搭乘了早班機出發前往紐約。

2 這戶人家似乎到現在都還沒人住，窗戶總是關著。

3 已從美國的大學畢業卻找不到工作嗎？

4 這本月刊發行了三十年至今，最後還是在本年度的三月停刊了。

5 正當我們要開會時，突然傳來了因火山爆發全歐洲的飛機都停飛的消息。

6 新聞報導說，因此次的颱風台灣南部損失慘重。

7 從孩童時期就不喜歡青椒和紅蘿蔔，但並不因此而生過病。

8 在開幕第一天的擁擠大型超市裡，我被扒走了錢包。

9 如果北極的冰層全部融化了，地球將會變成怎麼樣？

10 聽說最近原油上漲，導致小型轎車的銷售數量減少了20%

11 聽說他整夜寫作業，所以今天一臉昏昏欲睡的樣子。

12 我至今已學了五年的書法，今後在時間許可內也想持續學習。

13 我出去散步的途中被驟雨淋濕了。

14 我出去旅遊的期間被小偷入侵了。

15 被蚊子咬到的小孩不小心會得登革熱。

16 從剛才就有一位戴黑色幪面帽的可疑人在家門前走來走去。

17 A：下週的星期日是母親節。今年你要送什麼？

B：送泳衣。家母從上個月開始學游泳。

A：真是好禮物。我因為沒有母親，所以每年和家兄一齊送和祖母相同歲數的祖母喜歡的黃色玫瑰花。

B：喔！那太美妙了。

A：是嗎？因玫瑰花的數量蠻多的，所以必須在今晚預先向花店訂購。

18 因災害何時發生無法得知，所以平常的準備很重要。

19 A：今年的寒假我打算在日本停留一個月左右。

B：好好喔！你有親戚或朋友在日本嗎？

Ａ：我阿姨嫁到日本。

⑳ 從外國進口的水果看起來很新鮮，但不知道有沒有殘留農藥。

㉑ 跟中村先生在10年前見過面以來，就從未再聯絡過。

㉒ 佐藤小姐是個只要是看上眼的東西，就不惜砸錢購買的這種類型的人。

㉓ 即便是小孩也要遵守交通規則。

㉔ 這道菜味道太過清淡。我還是比較喜歡有點油份的料理。

㉕ 山田先生似乎對那話題抱持興趣。

㉖ 記得以前在準備入學考試時，媽媽時常煮鍋燒烏龍麵給我當宵夜。

練習４解答

❶ に、で　❷ も、が　❸ のに　❹ が、を　❺ を、で、が

❻ で、を　❼ から、に　❽ で　❾ が、は　❿ で　⓫ で、を

⓬ を、も　⓭ に　⓮ に　⓯ は、と　⓰ が、たり、たり

⓱ を、から、が、だけ、が、に　⓲ ×、から（ので）

⓳ ほど、とか、に　⓴ は、が　㉑ きり　㉒ に、を　㉓ と

㉔ が、×　㉕ を　㉖ に

N3
コース

練習　5

次の問題の（　）の中にひらがなを一つ入れなさい。必要でないときは×を入れなさい。

1 日本では使い捨てのライター（　）子どもたちが遊んで、火災（　）なるケースが多い。

2 毎日、何時間（　）インターネットをしているので、目（　）悪くなってしまった。

3 これは誕生日のプレゼントなので、リボン（　）かけてください。

4 この機械はオフィスから出る書類を切る（　）（　）使います。

5 希望していた会社（　）就職できなかったが、がっかりし（　）（　）しかたがない。次（　）当たろう。

6 あの人はお金がない（　）（　）、なぜかいつも高級なものを買いたがります。

7 雪で路面（　）ところどころ凍結しています。滑りやすくなっていますので、ご注意（　）ください。

8 友達のお母さん（　）（　）病気見舞い（　）果物をたくさんいただきました。

9 今では取れたての魚介類（　）（　）、活きたまま届く海水輸送の宅配便（　）簡単に日本中どこへでも送れる。

10 こんなきれいなところ（　）廃棄物を不法（　）投棄する人がいるんですね。

11 この辺（　）高層ビルが増えたせいか、風通し（　）悪くなってきた。

⑫ 私は塾からの帰り（　）遅いので、父が毎晩駅まで迎え（　）来てくれます。

⑬ 人はいろいろなこと（　）経験して、成長していきます。

⑭ あの人は貸したお金（　）なかなか返してくれない。

⑮ あの人にとっては、はした金かもしれませんが、わたし（　）（　）大金なのです。

⑯ この件については、もういっさい触れないほう（　）いいのかも知れない。

⑰ あの人は今日もまた病気を理由（　）アルバイトを休んだ。

⑱ 公園の前に救急車（　）止まってる。何（　）あったんだろうか。

⑲ 台風の日に、なんと高速道路で、車（　）パンクをしてしまったではない（　）。

⑳ 昼は暑く（　）（　）、夕方になると、急に気温が下がることがある。

㉑ チャンス（　）そう多くはめぐって来ない。

㉒ A：暑いのでクーラー（　）つけたいんですが、つかないですね。

B：そのリモコンは先週（　）（　）壊れていますよ。

㉓ 学校（　）卒業して、社会（　）出て、はじめて世の中（　）厳しさを知りました。

㉔ 青森の人：りんごは何と言っても青森（　）がいちばんです。

長野の人：いえ、いえ、長野県産（　）負けてはいませんよ。

㉕ 外国人（　）玉山に登る（　）は難しいですか。

㉖ たくさんの資料を参考（　）して、研究計画書を書きました。

27 あなたに比べたら、わたし（　）（　）まだまだ努力が足りません。

28 この腕時計は電池を交換し（　）（　）動かない。壊れているのかもしれない。

29 あの人はおもしろいこと（　）言って、いつも人（　）笑わせる。

30 今年の夏は熱中症（　）３万人以上の人（　）救急車で病院に搬送された。

31 年を取る（　）、どうしても物忘れが多くなる。

32 私はたばこ（　）吸いすぎで、肺（　）少し悪くしてしまいました。だから、もうたばこは吸わないことにしました。

33 みんなが周り（　）騒いでいるのに、斉藤さんは平然（　）仕事をしています。

34 今後もBRICS諸国（　）しばらく成長し続けていくことでしょう。

35 この地方は昔からいちごの栽培（　）盛んです。

36 車を運転し（　）（　）（　）携帯電話をかける（　）はとても危ないです。

練習5（要點解說）

1 病気(びょうき)を理由(りゆう)**に**アルバイトを休(やす)んだ。

「～を～にして」可省略「して」而成為「～を～に」之型式。亦即「～を～に」與「～を～にして」意思相同，有「把～當為～」的意思。

2 あなたに比(くら)べたら、わたし**など**まだまだ努力(どりょく)が足(た)りません。

「など」表示「謙虛」，「輕視」或「感到意外」之意。

練習5（中譯）

1 在日本，小孩拿拋棄式打火機玩耍而發生火災的情況不少。

2 每天都長時間上網，因此把眼睛搞壞了。

3 因為這是生日禮物的禮品，所以請用彩帶綁起來。

4 這台機器是用來裁切辦公室廢棄的文件時使用。

5 我雖然無法進入所期待的公司就業，但失望也於事無補。打算再找其他的公司。

6 他沒錢卻總是想買高級品。

7 因下雪路面結冰容易滑倒，請小心。

8 朋友的母親來探視我時送了我很多水果。

9 目前就是剛捕獲的魚貝類，也可以用海水運送的宅急便遞送至日本任何地方。

10 在這麼美麗的地方卻有人偷倒廢棄物耶。

11 這附近因超高建築物增多的緣故吧，變得不通風。

12 因上補習班晚回家、所以家父每天晚上都到車站接我。

13 人們都是經驗各種不同事物而逐漸成長。

14 他一直遲遲不還我借給他的錢。

15 對他來說可能算是小錢，但對我來說可是一筆大錢。

16 針對這件事，可能都不要碰它為妙。

17 他今天又以生病為由沒去打工。

18 公園的前面停了一部救護車。是發生了什麼事呢？

19 颱颱風的那一天，我的車子竟然在高速公路上爆胎了。

20 雖然白天悶熱，但一到傍晚有時氣溫會急遽下降。

21 機會很少上門。

22 A：因天熱想開冷氣，但是冷氣不動。

B：遙控器從上週就故障了。

23 從學校畢業踏出社會，才知道人世間的嚴酷。

24 青森縣的人：再怎麼說，蘋果還是青森產的最棒了。

長野縣的人：不，不，長野縣產的也不遑多讓喔。

25 外國人要爬玉山難嗎？

㉖ 我參考了許多資料書寫了研究計劃書。

㉗ 跟你相比，我可真是努力不足。

㉘ 這隻手錶更換了電池也不動。可能是故障了。

㉙ 他老是說笑話引人發笑。

㉚ 今年夏天，因中暑而被送到醫院的已突破３萬人。

㉛ 年紀一大，老是忘東忘西的。

㉜ 我因吸了過多的菸，而把肺部搞壞了。因此再也不吸菸了。

㉝ 大家都在附近騷動，齊藤小姐卻毫不介意地在工作。

㉞ 今後金磚四國也將持續成長吧。

㉟ 這個地方從以前開始就盛行種植草莓。

㊱ 一邊開車一邊打手機很危險。

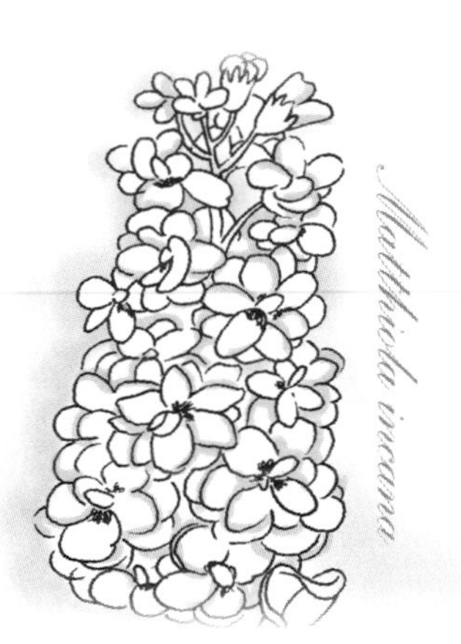

練習５解答

1 で、に　2 も、が　3 を　4 のに　5 に、ても、を

6 のに　7 が、×　8 から、に　9 でも、で　10 に、に

11 は、が　12 が、に　13 を　14 を　15 には　16 が

17 に　18 が、か　19 が、か　20 ても　21 は　22 を、から

23 を、に、の　24 の、も　25 が、の　26 に　27 など

28 ても　29 を、を　30 で、が　31 と　32 の、を　33 で、と

34 は　35 が　36 ながら、の

練習 6

次の問題の（　）の中にひらがなを一つ入れなさい。必要でないときは×を入れなさい。

1 お一人に一つ（　）（　）差し上げますので、なん（　）（　）好きなものをお取りください。

2 夕方から冷たい雨（　）降っていますが、明日の朝（　）（　）上がるそうです。

3 西村さん（　）何事にも前向きで、積極的な姿勢（　）とても感動しました。

4 A：この町には、ぜんぜんバス（　）走っていませんね。
B：ええ、この県は日本（　）いちばん女性ドライバーの多い県で、みんなマイカー（　）移動しています。それで、バスは15年（　）（　）（　）前に廃止されてしまったんです。

5 どのデジタルカメラ（　）買ったらよいか、なかなか決められない。

6 今年の夏は、連日、35度以上の猛暑（　）続き、体調（　）崩してしまった。

7 毎晩、深夜（　）（　）インターネットをしていると、睡眠不足（　）なります。

8 A：すみません。ブログ（　）作り方を教えてください。
B：いいですよ。まず、ここ（　）クリックしてください。次に……。

9 いい音楽はいつでも人の心（　）和ませてくれます。

10 陽明山は草山（　）称されていたが、1950年、現在の名称（　）改名された。

⑪「陽明」という名（　）明代の学者、王陽明（　）因んでいる。

⑫ あんなサービス（　）悪いレストランには二度と行くもの（　）。

⑬ あの人はサラリーマン（　）かたわら、小説も書いている。

⑭ いくら謝っ（　）（　）彼女は許してくれなかった。

⑮ 私の家は飛行場（　）近いため、飛行機の騒音（　）電話の声やテレビの音（　）よく聞こえない。

⑯ たばこの火の消し忘れ（　）（　）大火事になることもある。

⑰ 駅まで急いで行ったら、１本（　）早い電車に乗れた。

⑱ 彼女はなぜ（　）いつも遅れて来ます。私は今日も彼女（　）30分も待たされました。

⑲ 日本は季節風のおかげ（　）、一年を通じて、四季の移り変わり（　）きわだっている。

⑳ 日本（　）島々は、アジア大陸と太平洋の間（　）はさまれている。

㉑ 鍵（　）部屋に置いたまま、会社に来てしまったこと（　）気づきました。

㉒ 部屋（　）残っていた足跡から、犯人（　）複数に違いない。

㉓ 今日は日差し（　）温もりが感じられる。

㉔ 私は甘いもの（　）目がない。

㉕ 今日は中秋節ですが、月（　）見られそうにない。

㉖ 金があっても、必ずしも幸福（　）は限らないが、生活（　）必要最低限のお金は要る。

㉗ 私（　）公園で運動していると、弟（　）呼びにきました。

28 その話は自分の目（　）確かめない限り、信じることはできない。

29 この村は急速に高齢化と過疎化が進み（　）（　）ある。

30 料理の嫌いな姉（　）最近ときどき食事（　）用意をしてくれることがあります。

31 少年はある一冊の本（　）通して、日本への興味を抱いた。

32 負傷兵は体中（　）包帯をしていた。

33 コーヒーをブラック（　）飲むんですか。ミルク（　）（　）でも入れて飲んだほうが胃（　）やさしいですよ。

34 ここの商店街は昨年からシャッター（　）閉まっている。

35 久しぶりに休暇が取れたので、一日中、家（　）何もしないでごろごろしていた。

36 友だち（　）困っているとき、助ける（　）は当たり前ではないか。

練習6（要點解說）

1 あんなサービスの悪い店には二度と行くもの**か**。

「か」表示反問的疑問詞。

2 あの人はサラリーマンの**かたわら**、小説も書いている。

「～かたわら」表示「除了做主要工作之外，在閒暇時～」之意。通常大都使用於表達在某一段較長的時間內所從事的某件事。具「一邊～一邊～的同時還～」的意思。

3 私は甘いものに**目がない**。

「目がない」表示「喜歡某種東西喜歡得忘我的狀態」。另一個意思是「沒有判斷事物的能力」，慣用句。例：彼は人を見る目がない（他不具判斷人的能力）。

4 少年はある一冊の本**を通して**、日本への興味を抱いた。

「～を通して」表示「透過～」，「經由～」的意思。

練習6（中譯）

1 每一位都贈送一份，所以喜歡的東西什麼都請自取。

2 從黃昏開始下著雨，不過聽說明天早上雨就會停。

3 西村先生無論對任何事都非常積極進取，其認真的態度讓我很感動。

4 A：這個城市完全不行駛公車喔。

B：嗯～、此縣是在日本女性開車族最多的縣，所以大家都開自家車往返。因此公車大約在15年前就被廢止了。

5 要買哪一型的數位相機一直是無法決定。

6 今年的夏天連日以來35度以上的酷暑持續，身體狀況不好。

7 每晚到三更半夜都在上網，將會導致睡眠不足。

8 A：麻煩你。教我做部落格。

B：沒問題。首先請先點選這裡。然後…。

9 好的音樂會讓人心平氣和。

10 陽明山被稱為草山，於1950年改稱為現今的陽明山。

11 「陽明」之名取自明代的學者王陽明。

12 服務那麼差的餐廳，我再也不會去光顧。

13 他一邊上班一邊也在寫小說。

14 就是再怎麼道歉，她那時也不原諒我。

15 我家離機場近，因飛機的噪音所以電話的聲音還是電視的聲音都聽得不很清楚。

16 香菸的小火忘了熄滅有時會釀成大火災。

17 急急忙忙地趕到了車站，因而能坐上早了一班的電車。

18 為什麼她總是姍姍來遲。我今天也已經等了她30分鐘。

19 日本受惠於季風之影響，一整年中四季分明。

20 日本的所有島嶼位於亞洲大陸和太平洋之間。

21 來到了公司才發現把鑰匙放在家裡的房間。

22 從房間裡留下的腳印來看，嫌犯必定是不止一人。

㉓ 今日可感覺到日照的溫暖。

㉔ 我對甜點無所不愛。

㉕ 今天雖然是中秋節，但完全看不到月亮。

㉖ 有錢並不見得就有幸福，但需備有最低限度的金錢。

㉗ 正當我在公園運動時、弟弟來叫了我回去。

㉘ 如果不能親身確認，就無法相信那樣的話。

㉙ 這個村落，人口的急速高齡化與稀少化還在持續進行中。

㉚ 不喜歡做菜的姊姊最近有時會幫忙準備做飯。

㉛ 這位青年因一本書，而對日本產生了興趣。

㉜ 那時負傷的士兵們整個身體都包紮着繃帶。

㉝ 你喝咖啡都不加糖嗎？就只加牛奶喝也會對胃比較好喔。

㉞ 這一帶的商店街從去年開始鐵捲門都一直關閉著。

㉟ 隔了好久而請到了假，整天在家發呆休養。

㊱ 在朋友有難時，幫幫忙不是理所當然的嗎？

練習6解答

1 ずつ、でも　2 が、には　3 の、に　4 が、で、で、ぐらい
5 を　6 が、を　7 まで、に　8 の、を　9 を　10 と、に
11 は、に　12 の（が）、か　13 の　14 ても　15 に、で、が
16 から　17 ×　18 か、に　19 で、が　20 の、に　21 を、に
22 に、は　23 に　24 に　25 は　26 と、に　27 が、が
28 で　29 つつ　30 が、の　31 を　32 に　33 で、だけ、に
34 が　35 で　36 が、の

練習 7

次の問題の（　）の中の①、②、③、④の中から正しいものを一つ選びなさい。

1 先輩（① **に対して**　② **について**　③ **に関して**　④ **にとって**）その言い方はないでしょう。

2 あなた（① **に対して**　② **にとって**　③ **として**　④ **について**）生きがいとは何ですか。

3 上司は部下（① **にかけて**　② **にして**　③ **に対して**　④ **について**）公平でなければならない。

4 あの人は英語の先生（① **として**　② **にしては**　③ **にとって**　④ **について**）英語が下手すぎる。

5 値段は別として、料理のうまさ（① **にしては**　② **にとっては**　③ **に対しては**　④ **にかけては**）この店が台北一であろう。

6 話し合い（① **にとって**　② **によって**　③ **として**　④ **に応じて**）紛争は解決できないものなのだろうか。

7 スピーチコンテストで優勝できたことは、私（① **について**　② **に対して**　③ **によって**　④ **にとって**）大きな自信となりました。

8 おなかがすいたから（① **として**　② **と言って**　③ **にして**　④ **について**）授業中にお弁当を食べてはいけません。

9 あいにく私はこの問題（① **に対しては**　② **にとっては**　③ **については**　④ **にしては**）不案内で、申し訳ありません。

10 私はメタボ（metabolic syndrome）対策（① **として**　② **にして**　③ **について**　④ **に関して**）食事は菜食にしています。

⑪ 地球温暖化の進行（**① に向かって　② に伴って　③ によると　④ に関して**）大雨や台風の発生数はどのように変化するのだろうか。

⑫ どの会社（**① についても　② に関しても　③ においても　④ について**）暗黙の了解というものがある。

⑬ 釣りは昔からレジャー（**① にして　② として　③ になって　④ に向けて**）根強い人気を持っている。

⑭ 私はあなた（**① に対して　② に向けて　③ について　④ において**）何も知らない。

⑮ 東京や横浜は場所（**① としては　② によっては　③ にとっては　④ については**）坂が多いですから、電動自転車に人気が集まっています。

⑯ 十人十色と言うでしょう。考え方や好みなどは人（**① について　② として　③ にして　④ によって**）さまざまです。

⑰ あなたはごみを減らす（**① ためと　② ために　③ ためで　④ について**）どんな工夫をしていますか。

⑱ 取材（**① をかねて　② について　③ に関して　④ において**）台南へ行ってみた。

⑲ 彼は頭が痛い（**① といっては　② というなり　③ といいつつ　④ といえば**）よく会社を休んでいる。

⑳ 結果（**① にとって　② については　③ に対して　④ に応じて**）、後日、お電話でお知らせいたします。

㉑ 来週の土曜日に台北ホテルで同窓会が行われます。会費は一人（**① にとって　② に対して　③ にして　④ につき**）1500元です。

22 これ（**① にして　② を終わりに　③ について　④ をもって**）今日の会議は終わりとします。

23 これから卒業旅行（**① について　② として　③ に対して　④ において**）説明します。

24 この大型電気ショップでは中国人観光客へのサービスの一環（**① として　② にして　③ にとって　④ において**）中国語のできる店員を配置している。

25 先生だから（**① として　② にして　③ といって　④ にとって**）何でも知っているわけではない。

26 あの人は中東情勢（**① にとって　② について　③ によって　④ に向けて**）詳しい。

27 農産物の出来栄えや値段は天候（**① にとって　② について　③ に関して　④ によって**）左右される。

28 雲の様子（**① から来ると　② から見えると　③ からすると　④ から行くと**）今晩は雨になるかもしれません。

29 東京タワーはこれまで50年以上（**① にかかわって　② にかかって　③ に関して　④ にわたって**）東京のシンボルだった。

30 お二人のご結婚（**① に当たって　② において　③ における　④ について**）、一言お祝いの言葉を述べさせていただきます。

31 日本に（**① 着くなら　② 着けば　③ 着くと　④ 着いたら**）連絡ください。

32 台湾の経済（**① に対して　② にとって　③ にして　④ として**）パソコンは重要な輸出品目の一つだ。

練習7（要點解說）

❶ あの人は英語の先生**にしては**英語が下手すぎる。

「XにしてはY～」表示「以X來說Y～」，「就X而言Y算是～」。有「在X的條件下來看Y，其結果是預料外的或不是理所當然的」的意思。

❷ 値段は別として、料理のうまさ**にかけては**この店が台北一であろう。

「～にかけては」表示「有關於～特別是～」的意思。例：碁にかけては彼は一流だ（有關於下圍棋，他特別是一流的）。

❸ おなかがすいた**からと言って**授業中にお弁当を食べてはいけません。

「（だ）からと言って～ない」表示「即使～也～」，「就是～也～」的意思。

❹ 私はメタボ対策**として**食事は菜食にしています。

「～として」表示「以～名義」，「以～立場」，「以～資格」或是「作為（當為）～」的意思。

❺ 東京や横浜は場所**によっては**坂が多い。

「～によっては」表示「依～」「因～」，「根據～」的意思。

❻ 雲の様子**からすると**今晩は雨になるかもしれません。

「～からすると」表示「就～來說」，「從～來看」的意思。

❼ 東京タワーはこれまで50年以上**にわたって**東京のシンボルだった。

「～にわたって」是表示「某件事的時間、場所所涉及或是涵蓋的終點、範圍」。

❽ お二人のご結婚**にあたって**、一言お祝いの言葉を述べさせていただきます。

「～に当たって」表示「在這～的時候」，「當此～的時候」的意思。

練習7（中譯）

1 面對學長不該講那種話。

2 對你來說你的生存價值是什麼。

3 上司對部屬必須公平。

4 以身為英語老師來說他的英語實在是太差勁。

5 價格另當別論，這家餐廳的口味可以說是台北第一把交椅吧。

6 真希望經由協商能夠解決紛爭。

7 在演講比賽中能取得優勝，給了我莫大的自信。

8 雖然肚子餓了也不能在課堂上吃便當。

9 真是抱歉，我對這個問題不內行。

10 為了防止代謝症候群，我吃素食。

11 隨著地球暖化的加速，豪雨和颱風的發生次數將會如何變化呢？

12 無論哪一個公司都有所謂的默契。

13 釣魚自古以來，就有根深蒂固的人氣。

14 我對你一點也不了解。

15 東京及橫濱某些地方坡道多，所以電動腳踏車頗受矚目。

16 常說人各有所好。所以每人的想法以及嗜好依人而各有不同。

17 為了垃圾減量你下了什麼工夫呢？

18 我一邊兼做採訪而去了台南逛逛。

19 他每次都說頭痛常常就不來上班。

20 結果如何另日將以電話聯絡。

21 下週的星期六將在台北飯店舉行同學會。會費是每人1500元。

22 今天的會議就到此結束。

23 從現在開始要説明有關畢業旅行的事宜。

24 這家大型電器行以配置會說中文的店員當為提升對中國觀光客服務的一環。

25 並非因為是老師就什麼都懂。

㉖ 他熟悉中東局勢。

㉗ 農作物的產量和價格容易受天候左右。

㉘ 由雲層的動態觀察，今晚可能會下雨。

㉙ 過去50年來，東京鐵塔一直是代表東京的象徵

㉚ 在兩位結婚之際，容我講一句祝賀的話。

㉛ 到了日本以後請跟我連絡。

㉜ 對台灣的經濟來說，個人電腦是重要的出口品

練習７解答

1 ①	2 ②	3 ③	4 ②	5 ④	6 ②	7 ④	8 ②
9 ③	10 ①	11 ②	12 ③	13 ②	14 ③	15 ②	16 ④
17 ②	18 ①	19 ①	20 ②	21 ④	22 ④	23 ①	24 ①
25 ③	26 ②	27 ④	28 ③	29 ④	30 ①	31 ④	32 ②

練習 8

次の問題の（　）の中にひらがなを一つ入れなさい。必要でないときは×を入れなさい。

1 このラーメン店ではスープ（　）残っていたら、麺だけを格安（　）おかわりできる。

2 10月のこの季節、キャンパス内でも少し（　）（　）木々の色づき（　）進んでいる。

3 相手（　）批判するにせよ、人格攻撃（　）（　）は厳に慎むべきだ。

4 たばこの煙（　）吸ってしまって、咳（　）止まらない。

5 大きな地震（　）来たら、この家（　）たぶん壊れるに違いない。だから早く地震対策（　）施したほうがよい。

6 空気（　）たいへん乾燥していますから、火の元（　）は十分ご注意ください。

7 私は日本の文化（　）興味があるので、将来はその方面の仕事をしたいと思っています。

8 私は辛い料理も食べれ（　）、甘い料理（　）食べます。

9 A：不景気だから、今年のボーナスは、どうやら支給（　）遅れるらしいですよ。

B：出る（　）（　）でもありがたいです。

10 日差し（　）強いから、日傘（　）さしたほうがいい。

11 毎日パソコンの画面（　）（　）（　）見ているので、視力（　）ぐんと衰えてきた。

⑫ A：きのう友達と250元（　）30分間、ケーキ食べ放題の店へ行き、
ケーキ（　）18個食べました。

B：18個？いくら食べ放題（　）（　）、それは食べすぎです。体
（　）毒ですよ。

⑬ 夜空にひとつ、流れ星（　）現れた。一瞬だったが、星（　）光線がきれいだった。

⑭ 最近、詐欺グループにお金（　）騙される人は少なくありません。

⑮ 水は酸素（　）水素からできている（　）（　）、なぜ燃えないのだろう。

⑯ ヒューズ（　）飛んで、停電になりました。パソコン（　）データが心配です。

⑰ 使い終わったら、元のところ（　）戻しておいてください。

⑱ この小説は読め（　）、読む（　）（　）おもしろくなる。

⑲ 日本語は聞い（　）（　）話し（　）（　）するのはいいんですが、書く（　）は少し難しい。

⑳ 薬は毎日きちんと飲んでいるが、病気（　）少しもよくならない。

㉑ 来る（　）せよ、来ないにせよ、連絡ぐらいあっ（　）（　）よさそうなものだ。

㉒ 人間は食べ物がなくても、水（　）（　）あれば、一週間（　）（　）（　）はどうにか生きていられるという。

㉓ 真っ白な部屋の中（　）色鮮やかな花（　）たくさん飾ってある。

㉔ 先日、会社の同僚と淡水で海鮮料理を堪能し（　）（　）（　）、夕日を眺めた。

㉕ この地域は過度（　）開発で、土石流（　）ときどき発生している。

㉖ このごみ焼却炉はごみを燃やし（　）（　）、煙突から煙が出ない。

㉗ 願書の受付は今月の30日（　）締め切ります。まだ（　）方はお急ぎください。

㉘ あの人は何でもたいてい（　）ことは知っている（　）（　）、何も教えてくれない。

㉙ 祝い事の贈り物（　）、品物よりお金のほう（　）喜ばれるのではないだろうか。

㉚ 科学の進歩（　）は驚くばかりです。30年後、この世界（　）どう変わっているだろうか。

㉛ 母：お誕生日おめでとう。はい、これ、プレゼント。

娘：うわ、腕時計だ。これ、前（　）（　）欲しかったんだ。ありがとう。

㉜ このバッグ（　）少し安っぽい（　）感じがしませんか。

㉝ 所得税の申告は、5月31日（　）（　）（　）必ず済ませなければならない。

練習8（要點解說）

❶ この小説は読め**ば**、読む**ほど**おもしろくなる。

「〜ば、〜ほど」表示「越〜越〜」的意思。

❷ 来る**にせよ**、来ない**にせよ**、連絡ぐらいあってもよさそうなものだ。

「〜にせよ〜にせと」與「〜にしても〜してもどちらでも」意義相似，表示「即使〜也〜」，「不管〜也得〜」的意思。

❸ 人間は食べ物がなくても、水**さえ**あれ**ば**〜。

「さえ」表示「限定」或「強調」的意思。

❹ 願書の受付は今月の30日**で**締め切ります。

「時間名詞＋で」表示〔截止〕的期限。

❺ 科学の進歩**に**は驚くばかりです。

「に」表示「心理狀態或是動作作用所指向的對象、或某狀態所形成的原因」。

練習8（中譯）

1 在這家拉麵店如果有剩下湯的話，可以用格外便宜的價格再來一份麵條。

2 在10月份的這個季節、校園內的樹木也一點一滴地開始染上顏色。

3 即使要批評對手，對人格上的批判應當要嚴謹慎重。

4 因吸到了香菸的煙霧而咳嗽不停。

5 如果大地震來的話，這房子一定會垮下來。所以趕快做防震措施為要。

6 因空氣很乾燥，請小心火燭。

7 我對日本文化有興趣，將來要從事於這方面的工作。

8 我辣的料理也吃，甜的料理也吃。

9 Ａ：因不景氣，今年獎金的發放好像是會延期。

Ｂ：只要能發放就謝天謝地了。

10 太陽炎熱撐把陽傘較妥。

11 每天都一直在盯著個人電腦的畫面，因此視力越形衰退。

12 Ａ：昨天花了250元去可任意吃30分鐘蛋糕的店家吃了18個蛋糕。

Ｂ：18個？就算是可任意吃到飽，那也吃太多了。對身體是一無是處的喔。

13 在夜空中出現了一顆流星。雖然只是一剎那，但當時流星的亮光蠻漂亮的。

14 最近被詐騙集團騙錢的人不少。

15 水是由氧和氫結合而成的，為什麼不會燃燒呢？

16 因保險開關跳開而停了電。我真擔心電腦內的資料。

17 用完了請放回原處。

18 這本小說越看越有趣。

19 我的日語聽的和說的還可以，但寫的就有點難。

20 我雖然每天有在按時服藥，但病狀一點也沒好轉。

21 不管來還是不來，總應該給人聯絡。

22 人沒東西吃但只要有水，可以勉強度過一星期左右。

23 在純白的房間裡擺設了許多顏色鮮豔的花。

㉔ 前幾天跟公司的同事在淡水一邊吃海鮮一邊欣賞夕陽美景。

㉕ 這地區因開發過度而時常發生土石流。

㉖ 這座焚化爐即使燃燒了拉圾，煙囪也不會冒出煙來。

㉗ 受理報名在這個月的30日截止。所以還沒報名的人請趕快。

㉘ 他幾乎大多數的事情都知道卻什麼也不告訴我。

㉙ 給人家賀禮時，送現金比送禮物來得受人喜歡吧。

㉚ 科學的進步令人震驚連連。30年後這個世界會變成什麼樣子呢？

㉛ 媽媽：生日快樂。來，這是生日禮物。

女兒：哇，是手錶。這是我老早就想要的。謝謝媽。

㉜ 你不覺得這個包包有便宜貨的感覺嗎？。

㉝ 所得稅的申報必須在五月31日以前申報完畢。

練習８解答

❶ が、で　❷ ずつ、が　❸ を、だけ　❹ を、が

❺ が、は、を　❻ が、に　❼ に　❽ ば、も　❾ が、だけ

❿ が、を　⓫ ばかり、が　⓬ で、を、でも、に　⓭ が、の

⓮ を　⓯ と、のに　⓰ が、の　⓱ に　⓲ ば、ほど

⓳ たり、たり、の　⓴ は　㉑ に、ても　㉒ さえ（だけ）、ぐらい

㉓ に、が　㉔ ながら　㉕ の、が　㉖ ても　㉗ で、の

㉘ の、のに　㉙ は、が　㉚ に、は　㉛ から　㉜ は、×

㉝ までに

N3
コース

練習 9

次の問題の（　）の中にひらがなを一つ入れなさい。必要でないときは×を入れなさい。

1 一度、悪（　）道に入ってしまう（　）、なかなか抜け出せないと言います。

2 これは生のまましょうが醤油（　）食べるとおいしい。

3 睡眠不足は体（　）こたえます。

4 山田さんには二度か三度、お目（　）かかったことがあります。

5 春になると、陽明山には、梅や桜やつつじ（　）いったきれいな花がたくさん咲く。

6 あの人は自己主張（　）強く、いつも人の意見（　）反対する。

7 このパン屋は開店２時間（　）1000個が売り切れてしまうそうだ。

8 ここは日本ではめずらしい（　）本格的な台湾料理の店です。

9 娘の成人のお祝い（　）自作の「歌」を贈りたいと思っ（　）、いま作っているところです。

10 チャンスは自分（　）つかむもの。人（　）（　）与えられるものではない。

11 ここへ来る（　）、なぜか懐かしさ（　）感じる。

12 年（　）とると、人の名前（　）出てこないという悩みをよく聞く。

13 彼は自分の泳ぎ（　）はかなりの自信を持っている。

14 この家は床暖房（　）してあるので、冬でも暖かく過ごせます。

15 この靴（　）履きやすいから、明日の運動会はこれ（　）走ろう。

16 この料理はとろ火（　）ことことと何時間も煮る（　）、おいしくなります。味（　）一味違ってきます。

⑰ 冬の谷川（　）登った友人たち（　）予定の日になっても、下山して来ないので、警察（　）連絡した。

⑱ 飲酒運転（　）取り締まりが厳しくなっている（　）（　）かかわらず、飲酒（　）よる事故はいっこうに減らない。

⑲ 彼は授業が終わる（　）（　）、教室を飛び出して行った。

⑳ 一週間も学校を休んだ（　）（　）、新型インフルエンザ（　）かかってしまったからです。

㉑ 三人寄れ（　）文殊の知恵。難しい（　）（　）（　）、協力してやり遂げよう。

㉒ 彼が日本から影響（　）受けたものとは何か。それは彼のオフィス（　）見るとわかる。

㉓ いくら頭（　）ひねっても、いいアイデアが浮かんで来ない。

㉔ この店は料理（　）おいしい（　）、サービス（　）頗る悪い。

㉕ A：あちこちに借金ばかりで、もう首（　）回らない。

B：それじゃ、一生懸命に働く（　）（　）ほかに方法がないですね。

㉖ 人間（　）一生なんて、はかないものです。

㉗ 折り紙（　）鶴をたくさん折って、入院している友だち（　）届けました。

㉘ A：今日のパーティーには何人（　）（　）（　）来るでしょうか。

B：せめて（　）30人は来て欲しいですね。

㉙ この表紙（　）デザインですが、タイトルの文字（　）もう少し大き

くしてみたらどうでしょうか。

30 日本のガイド試験（　）受けたいんですが、何をどう（　）勉強したらいいでしょうか。

31 エニーさんはアメリカ（　）（　）来日して、小学校で英語（　）教えています。

32 今日の東京地方（　）最高気温は13度。本来のこの時期の気温（　）（　）少し低いです。

33 日本では女性だ（　）、なかなか一人（　）ラーメンを食べに行きにくい。

34 母親：これはポチ（　）用意したもも肉だから、間違えないでね。

子供：そっちのほう（　）おいしそうだな。ボク（　）そっちを食べたいなあ。

35 このビルの工事はさまざまな理由（　）着工が遅れている。

練習9（要點解說）

1 睡眠不足は体**に**こたえる。

「～にこたえる」表示「影響」，「打擊」，「痛楚」等的意思。

「に」表示「心理狀態或是動作作用所指的對象、或該狀態所形成的原因」。

2 あの人はいつも人の意見**に**反対する。

「人の意見に反対する」表示「反對別人意見」的意思，慣用句。

3 飲酒運転の取り締まりが厳しくなっている**にもかかわらず**～。

「～にもかかわらず」與「～ても」「～に関係なく」意義相似，表示「不論～」，「無論～與否都～」的意思。

4 彼は授業が終わる**なり**、教室を飛び出して行った。

「なり」表示某一動作發生之後，另一個動作接著發生。表示「一～馬上就～」的意思。

5 **三人寄れば文殊の知恵。**

「文殊」是代表智慧的菩薩。表示「就是凡人只要三個人聚集起來共同商討，也可以想出上策」之意。是「三個臭皮匠勝過一個諸葛亮」的諺語。

6 **首が回らない。**

表示「因借貸需清償的款項過多而無法籌措」的意思，慣用句。

練習9（中譯）

1 一但走入惡途就難脫身。

2 這個用薑末拌醬油生吃的話最好吃。

3 我睡眠不足撐不下去。

4 我曾見過山田先生二、三次。

5 一到春天，陽明山上梅花、櫻花和杜鵑等漂亮的花盛開。

6 他個人自我意識很強，總是反對別人的意見。

7 這家麵包店在開店後只花２小時就把1000個麵包都賣光了。

8 這裡是在日本蠻少見的道地台灣料理店。

9 目前我正在編寫一首在祝賀女兒的成年節時，想送她的自寫「歌」。

10 機會是由自己去掌握的。不是由別人給你的。

11 一來到這裡就不知不覺地讓我有一種懷念的感覺。

12 隨著年齡的增加，越來越容易忘東忘西的。

13 他對自己的泳技信心十足。

14 這戶人家因有裝地板暖氣，所以冬天也能溫暖度過。

15 這雙鞋子因為很好穿，所以明天的運動會要穿這雙賽跑。

16 這道菜用文火慢慢熬煮幾個小時將會很好吃。味道也將更富特殊風味。

17 去爬冬季的谷川溪流的山友們，在預定的日期也沒下山回來，因此向警察報了案。

18 取締酒駕雖然越來越嚴格，但是因飲酒而發生的事故絲毫不減。

19 他一下課馬上就飛快地跑出教室。

20 我連休了一週，是因為得到了新型流感的緣故。

21 三個臭皮匠勝過一個諸葛亮。就因為棘手所以我們一齊協力完成吧。

22 他受到日本的影響是什麼？只要看他的辦公室就一目了然。

23 再怎麼動腦筋，也想不出什麼好點子。

24 這家餐廳菜雖然好吃但服務相當差。

25 Ａ：到處都向人借錢、已經是債台高築了。

B：這樣的話，只有努力工作而無他法囉。

㉖ 人的一生是無常的。

㉗ 我用折紙折了許多紙鶴送去了給正在住院的友人。

㉘ A：今天的派對大概會來多少人呢？

B：至少希望能來30人。

㉙ 針對這個封面設計，試試將標題的文字略加大些怎麼樣？

㉚ 我想參加日本的導遊考試要怎麼準備呢？

㉛ 伊莉小姐從美國來到了日本，正在小學教英語。

㉜ 今天東京地區的最高氣溫是13度。比這個時期原本的氣溫略低。

㉝ 在日本女性單獨一人是不方便去吃拉麵。

㉞ 母親：這是給狗狗Poti的雞腿，不要搞錯喔！

小孩：狗狗的那一份看起來很好吃的樣子。我也想吃喔！

㉟ 這棟大樓的工事基於種種理由而延誤施工。

練習9解答

❶ の、と　❷ で　❸ に　❹ に　❺ と　❻ が、に　❼ で
❽ ×　❾ に、て　❿ で、から　⓫ と、を　⓬ を、が
⓭ に　⓮ に　⓯ は、で　⓰ で、と、も　⓱ に、が、に
⓲ の、にも、に　⓳ なり　⓴ のは、に　㉑ ば、けれど
㉒ を、を　㉓ を　㉔ は、が、は　㉕ が、より（しか）　㉖ の
㉗ で、に　㉘ ぐらい、×　㉙ の、を　㉚ を、×　㉛ から、を
㉜ の、より　㉝ と、で　㉞ に、が、も　㉟ で

練習 10

次の問題の（　）の中にひらがなを一つ入れなさい。必要でないときは×を入れなさい。

1 この大学は少子化の影響（　）学生が1万人（　）（　）8千人に減った。

2 これです。この写真（　）（　）、私がほしいと思っていたものなんです。

3 いまこの新幹線は時速300キロ（　）走っています。

4 激安のパソコン（　）分解してみたら、見たこともない規格外の部品（　）使われていた。道理で安い（　）はずだ。

5 母は毎朝、こころ（　）込めて、私たち兄弟（　）お弁当を作ってくれている。

6 15年間も飼っていた（　）犬の華子（　）死なれて、さびしく（　）ならない。

7 連日35度（　）超える猛暑で、熱中症（　）人が続出している。

8 風呂上り（　）飲むコップ1杯（　）ビールはこたえられない。

9 この仕事はとても骨（　）折れる。

10 職人や技術者たちは333メートルの東京タワー（　）わずか15か月（　）完成させた。

11 客　：これ（　）着てみてもいいですか。
店員：申し訳ございません。ワイシャツ（　）ご試着はご遠慮ください。

12 今回の地震では大きな人的被害（　）なかったが、今後、大規模な地

震の発生（　）懸念される

⑬ 値段（　）安いからといって、売れるわけではない。

⑭ ガスを付けっ放し（　）台所を離れたら、危ないですよ。

⑮ あの女性は５年をかけて、世界中（　）オートバイと馬（　）旅行したそうだ。

⑯ 亡くなった祖母の写真はこれ一枚（　）（　）ありません。

⑰ 部屋（　）片付いていない（　）、どうも落ち着かない。

⑱ 父（　）転勤族だったので、私（　）小学校を四回も変わった。

⑲ これは、昨年、日本（　）ホームステイをしているとき、ホストファミリーのお父さん（　）プレゼントをしてくださった（　）日本人形です。

⑳ 世界のスポーツ（　）祭典と言えば、何と言っ（　）（　）オリンピックでしょう。

㉑ 約束した（　）（　）には、守らなければならない。

㉒ 世界中に感染（　）拡大しているインフルエンザの影響により、旅行・観光業界は大きな打撃（　）受けている。

㉓ あの人はガス（　）（　）ないへんぴな山奥（　）家を建てて、一人で住んでいる。

㉔ 明日は関東周辺各地を含めて、晴れ間（　）広がるでしょう。

㉕ 女性（　）年齢を聞くべきではない。

㉖ しょう油は日本料理（　）は欠かせない（　）調味料です。

㉗ あの人は台湾（　）代表して国際会議に出席する。

㉘ 山田さん（　）北海道へ転勤することになったが、奥さんの仕事の

関係（　）単身赴任になるそうだ。

㉙ あの人は嘘（　）（　）（　）ついているから、あの人の言うことはだれ（　）信用しない。

㉚ あの人は横の物（　）縦にもしない。

㉛ 田中：高校野球の決勝戦（　）どこの学校（　）優勝したんですか。

宮沢：接戦でしたが、A高校（　）逃げ切りました。

田中：そうですか。やっぱりあの学校（　）強いなあ。

㉜ ふと空を見上げる（　）、満天（　）星が輝いていた。

㉝ 政府の政策（　）沿って、わが社も今年（　）（　）二酸化炭素の排出規制をいっそう強化することにした。

㉞ 確かに見覚えのある顔だが、だれだった（　）どうしても思い出せない。

㉟ 幸い天気（　）恵まれ、楽しい旅行ができた。

練習10（要點解說）

1 犬の華子に死なれて、さびしく**てならない。**

「～てならない」表示「～的不得了」，「禁不住～」的意思。

2 この仕事はとても**骨が折れる。**

「骨が折れる」表示「需花費勞力、心思等的一項困難的工作」的意思，慣用句。

3 約束した**からには**、守らなければならない。

「からには」與「～のであれば」，「～のだから当然」意義相似，表示「如果是～」，「因是～當然要～」的意思。

4 **横の物を縦にもしない。**

是對懶惰而什麼事都不做的人的一種比喻。「連直立的東西都懶得横放」的諺語。

5 幸い天気**に恵まれ**、楽しい旅行ができた。

「～（天気）に恵まれる」表示「拜好天氣之賜」的意思，慣用句。

練習10（中譯）

1 這所大學因受少子化的影響，學生從１萬人減為８千。

2 就是這張照片，才是我之前所想要的照片。

3 目前這輛新幹線以時速300公里在行駛。

4 嘗試把超便宜的桌上型電腦分解看看，才知道是使用了從沒見過的規格外的零件。難怪這麼便宜。

5 家母每天早上全心全意地幫我們兄弟做便當。

6 養了15年的狗狗華子去逝，真讓我落寞難耐。

7 連續好幾天超過25度的酷暑，因此中暑的人接二連三地出現。

8 洗完澡後的１杯啤酒最為暢快。

9 這件工作令人煞費苦心。

10 專業人員和技術人員們僅僅花了15個月的時間就將333公尺的東京鐵塔完成了。

11 客人：這件可以試穿嗎？

店員：對不起，襯衫是不能試穿的。

12 本次的地震沒有太大的災害，但擔心今後會發生大規模的地震。

13 價格便宜並不見得就賣得出去。

14 開著瓦斯不關而離開廚房的話，是很危險的喔。

15 聽說那位女性花了５年的時間用摩托車和馬匹環遊了全世界。

16 已去逝的祖母的照片僅有這一張。

17 房間沒收拾乾淨就覺得坐立不安。

18 當時因為我父親是位調職頻繁的上班族，所以我小學就轉校了四次。

19 這是我去年寄宿在日本的寄宿家庭時，接待我的寄宿爸爸送給我的日本娃娃。

20 全世界性的運動祭典非奧林匹克運動會莫屬了。

21 因已做了承諾所以必須守信。

22 受全世界流感正在擴散的影響，因此旅行業・觀光業大受打擊。

23 他在連瓦斯都沒有的偏僻深山中蓋了房子，一個人在獨居。

㉔ 明天包括關東周邊各地都會放晴吧。

㉕ 不應該詢問女性的年齡。

㉖ 醬油是日本料理中不可或缺的調味料。

㉗ 他將代表台灣出席國際會議。

㉘ 山田先生要調職到北海道，但因夫人的工作上的關係，可能會單身赴任。

㉙ 他一直在說謊，所以他說的話沒人相信。

㉚ 他是個十足的懶骨頭。

㉛ 田中：高中棒球的決賽是哪個學校獲勝呢？

宮澤：兩邊都僵持不下、最後Ａ校略勝一籌。

田中：是這樣子啊。還是這個學校比較強。

㉜ 不經意抬頭仰望天空，滿天星斗閃爍。

㉝ 遵循政府的政策，我們公司今年開始也更將加強遵守二氧化碳的排放規定。

㉞ 確實是似曾見過的臉龐，但就是想不起是誰。

㉟ 幸運的是碰到好天氣，而得以有愉快的旅遊。

練習10解答

❶ で、から　❷ こそ　❸ で　❹ を、が、×　❺ を、に

❻ ×、に、て　❼ を、の　❽ に、の　❾ が　❿ を、で

⓫ を、の　⓬ は、が　⓭ が　⓮ で　⓯ を、で

⓰ しか（きり）　⓱ が、と　⓲ が、は　⓳ で、が、×

⓴ の、ても　㉑ から　㉒ が、を　㉓ さえ、に　㉔ が　㉕ に

㉖ に、×　㉗ を　㉘ は、で　㉙ ばかり、も　㉚ を

㉛ は、が、が、は　㉜ と、の　㉝ に、から　㉞ か　㉟ に

N3
コース

練習 11

次の問題の（　）の中にひらがなを一つ入れなさい。必要でないときは×を入れなさい。

1 いったいどうした（　）いうんですか。二人とも喧嘩をしないで、落ち着い（　）、ゆっくり話し合ってみてください。

2 彼女は人の話（　）聞かないで、いつも一人（　）しゃべっている。

3 この辞書は例文（　）多くて、とても分かりやすい。

4 あきらめる（　）（　）ほかに方法はないのだろうか。他にいい手（　）ないものか。

5 ガソリン（　）なくなりそうですから、あそこ（　）ガソリンスタンド（　）入れて行きましょう。

6 今日は朝から仕事が忙しくて、食事（　）取る時間もない。

7 外食を控えて、家（　）食事をする人（　）増えている。

8 この子どもは音（　）とても敏感です。

9 清潔な家（　）気持ちがよい。家の中（　）いつもきれいにしておこう。

10 A：しまった。英語（　）スペリングを間違えてしまった。
B：弘法（　）筆の誤りだね。

11 会社の受付には、いつも四季おりおり（　）花が飾ってある。

12 休日はテレビ（　）（　）（　）見ているのではなく、もっと上手に余暇を利用したい。

13 客　：両親（　）いっしょに行くので、静かなホテル（　）泊まりたいんですが、どこ（　）いいでしょうか。

担当：では、お値段（　）少々お高くなってしまうんですが、こちらはいかがですか。

⑭ 最近は字を縦（　）書く人は少ない。

⑮ 会社の命令だから、したくなく（　）（　）、しなくてはいけない。

⑯ 再利用できるもの（　）私たちのまわり（　）たくさんある。

⑰ 父（　）ひどく怒られると思っていた。ところが父（　）意外なことに怒らなかった。

⑱ 鈴木：鈴木（　）申しますが、営業（　）山田さんをお願いします。

社員：山田（　）ただいま会議中でございますが。

⑲ この料理は煮込め（　）煮込む（　）（　）おいしくなります。

⑳ 高い山は空気（　）薄くて、気温（　）下がる。

㉑ 子　供：この公園で野球をし（　）（　）いいですか。

管理人：いいですよ。でも、小さい子ども（　）遊んでいますから、注意してくださいね。

㉒ ちょうど（　）寝ようとしたとき、友達（　）（　）電話がかかってきた。

㉓ 書類は上から二番目（　）引き出しの中（　）入れてあります。

㉔ 今年の夏（　）暑くて、クーラー（　）飛ぶように売れているらしいですね。

㉕ 同窓会に出席しようとしまい（　）、あなたの自由です。

㉖ 天高く馬肥ゆる秋。秋（　）空がきれいです。

㉗ 子どものころ、私は母（　）英語とピアノ（　）習わされて嫌でしたが、今では感謝しています。

㉘ 新しいマンションを買う（　）したら、かなりのお金が必要になる。

練習11（要點解說）

1 手がない。

「手がない」有「無計可施」，「沒有可幫忙作業的人手」，「人手不足」的意思，慣用句。

2 弘法も筆の誤り

是對該行業的名人、達人也會有所疏忽或是錯誤的比喻。原意指「像弘法大師的大書法家也會有所筆誤」的比喻而稱之為「弘法も筆の誤り（智者千慮必有一失，神仙打鼓也有錯）」，諺語。

3 最近は字を縦**に**書く人は少ない。

「方向名詞＋に」。「に」表示「動作的方向或是動作作用的狀態」。例：この川は町のまん中を南北に流れています（這條河以南北方向流過城市的正中央）。

4 同窓会に出席し**ようと**し**まいと**、あなたの自由です。

「～（よ）うと～まいと」與「～しても～しなくてもどちらでも」意義相似，表示「做或是不做都～」的意思。

5 新しいマンションを買う**としたら**～。

「～としたら」與「～とすれば」意義相似，表示「如果要～」的意思。

練習11（中譯）

1 到底是怎麼了？兩人都不要吵架，請冷靜下來好好地商量看看。

2 她總是不聽別人的意見，獨自一人在發言。

3 這本辭典例句很多，非常容易理解。

4 就只能放棄而別無其他對策了嗎？

5 汽油快用完了，我們先到那家加油站加油吧。

6 今天從早開始忙得連吃飯的時間都沒有。

7 節制在外頭吃飯而在家用餐的人正在增加中。

8 這個孩子對聲音非常敏感。

9 明窗淨几的家令人氣色清爽。讓我們隨時保持家中清潔。

10 A：哎呀。英語的拼字搞錯了。

B：神仙打鼓也有錯啊。

11 公司的服務台總是擺有一盆依四季應景的花。

12 我在休假日不光只是看電視，更希望有效地利用餘暇。

13 客人：因雙親同行，所以我想住宿在清靜一點的飯店，哪邊比較好呢？

承辦：那麼，價格雖然會稍微高些，這個行程的怎麼樣？

14 最近寫直書的人越來越少。

15 因為是公司的命令，就是不想做也得做。

16 在我們周遭有很多可以回收再利用的東西。

17 我本以為會被父親狠狠地責罵一番，不過令人意外的是父親並沒有生氣。

18 鈴木：我叫鈴木，麻煩你接營業部門的山田先生。

社員：對不起，山田現在正在開會。

19 這道料理越熬越好吃。

20 高山的空氣稀薄，氣溫也會降低。

21 小　孩：這個公園裡面可以打棒球嗎？

管理員：可以喔。不過有幼童們在玩，要小心啊。

㉒ 正想要睡覺的時候，同學來了電話。

㉓ 文件放在從上面算起的第二個抽屜中。

㉔ 今年的夏天天氣炎熱空調熱賣。

㉕ 要不要出席同學會是你的自由。

㉖ 天高馬肥的秋天。秋天的天空很美麗

㉗ 小時候，媽媽要我學英語和學鋼琴，當時我覺得很煩，但現在我很感謝。

㉘ 如果想要購買新的公寓，需要一筆大筆的資金。

練習11解答

1 と、て　**2** を、で　**3** が　**4** より（しか）、は

5 が、の、で　**6** を　**7** で、が　**8** に　**9** は、は

10 の、も　**11** の　**12** ばかり　**13** と、に、が、は　**14** に

15 ても　**16** が、に　**17** に、は　**18** と、の、は　**19** ば、ほど

20 が、も　**21** ても、が　**22** ×、から　**23** の、に　**24** は、が

25 と　**26** は　**27** に、を　**28** と

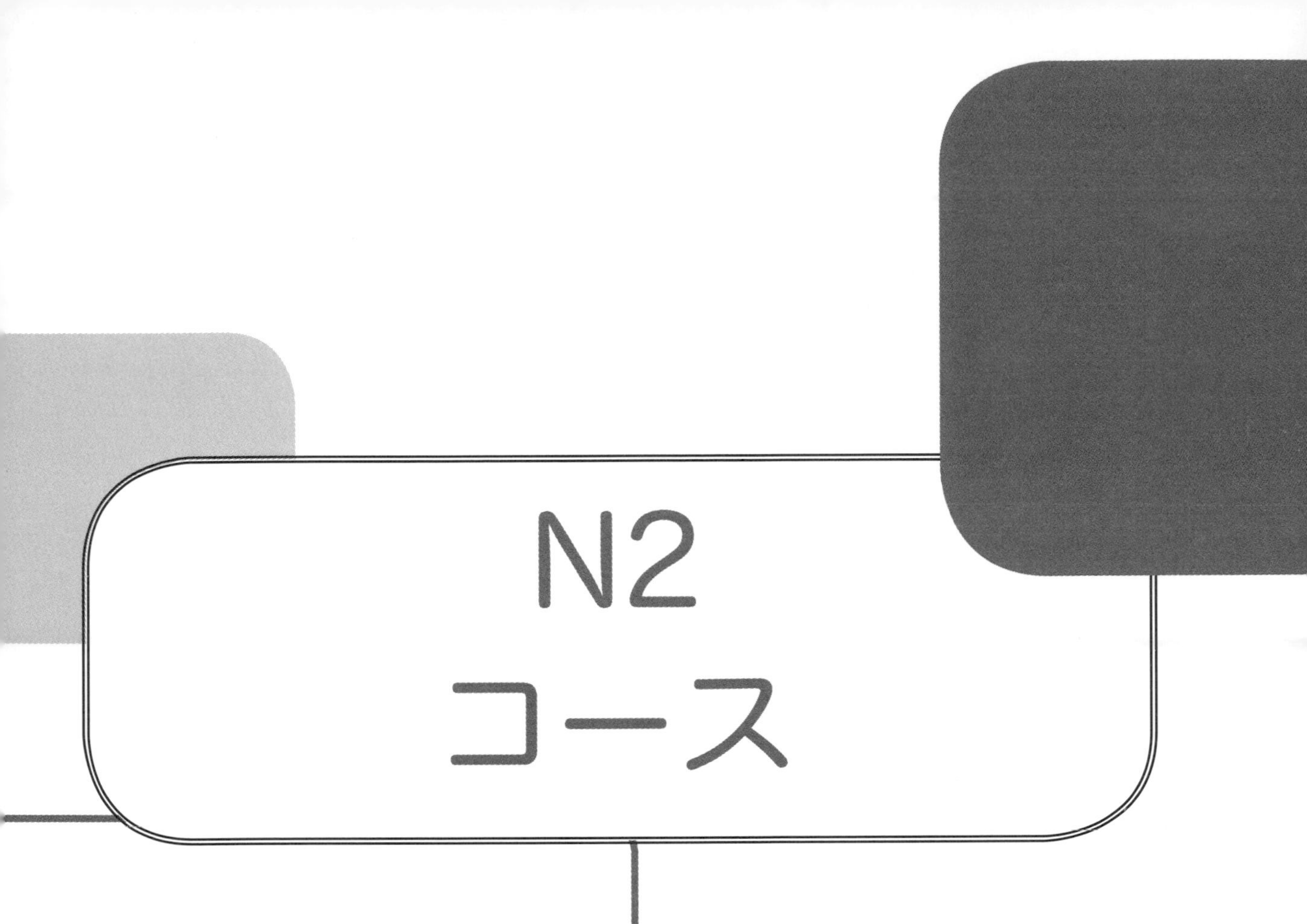

N2 コース

練習 1

次の問題の（　）の中にひらがなを一つ入れなさい。必要でないときは×を入れなさい。

1 父は一日２時間の運動（　）常としているので、たとえ雨がふっ（　）（　）、公園へ運動（　）出かけていく。

2 A：バーゲンセール（　）特設会場は12階ですから、エレベーター（　）行きましょう。

B：でも、見てください。あの長蛇（　）列。

A：そうですね。じゃ、エスカレーター（　）しましょうか。

3 今日は一日中（　）オートバイで外回り（　）仕事をしていたので、顔（　）ほこりだらけになってしまった。

4 今、もっとも業績（　）伸びているこの会社の社長（　）、まだ30歳そこそこの青年です。

5 自分に一定の見識（　）なく、むやみに人の説（　）賛成することを付和雷同という。

6 その話を聞いて、目から鱗（　）落ちた。

7 地球の温暖化（　）南極の氷（　）（　）もが溶けている。

8 前はよく一日（　）何杯もコーヒーを飲んでいました（　）、この頃はあまり飲みたくありません。好み（　）変わりました。

9 今日の会議の時に出た弁当（　）春の香り（　）して、実においしかった。

10 小野さんはニューヨークを拠点（　）活躍しているピアニストです。

11 A：これ（　）台風の去ったあとのダムです。

B：ああ、これはひどい。ダムの水（　）いちめん茶褐色じゃないですか。われわれ（　）毎日ここの水を飲んでいるんですよね。

A：そうです。

⑫ あの日本画の大家の絵（　）30センチ四方（　）小さいキャンバス（canvas）（　）（　）、300万円はするそうです。

⑬ どうも体（　）熱っぽい。かぜ（　）引いたのかもしれない。

⑭ A：これは八十八夜（　）摘んだお茶ですが、いかがですか

B：ありがとうございます。あ、やっぱり新茶（　）おいしいですね。それに香り（　）いいです。

⑮ このやり方ではまったく出口（　）見えない。別（　）方法を考えよう。

⑯ 富士山は登っ（　）（　）登っ（　）（　）見渡す限り大きな土と岩の丘陵（　）登っているような感じの山だった。

⑰ 高度成長（　）続けてきた日本も1990年以降、マイナス成長（　）落ち込んだ。

⑱ A：今年も柿（　）きれいに色づきましたね。

B：ええ。柿は秋（　）感じる果物ですね。

A：ところで、日本では昔から「柿が赤くなる（　）、医者が青くなる」とも言われているんですよ。

⑲ あの俳優の迫力のある演技（　）驚き、感心した。

⑳ 良薬は口（　）苦し。病気を早く治したいと思ったら、苦く（　）（　）我慢して飲みなさい。

㉑ 現代人（　）ほとんどは、野菜（　）摂取量が不足しているという。

㉒ 行く（　）（　）行くが、いつ行ける（　）わからない。

㉓ A：何（　）甘い物でも食べて一息（　）入れようよ。

B：そうだね。頭（　）使うときは、やはり糖分の補給（　）必要だからね。

㉔ 日本では冬至（　）かぼちゃを食べて、ゆず湯（　）入る習慣があります。

㉕ 今年もあと15分（　）新しい年を迎える。

㉖ うちの会社は毎年、夏になると、チームワークと気力（　）恒例の富士登山を行っている。

㉗ 日本では年の暮れになる（　）、あちこちで『第九』の演奏会（　）開かれているが、なぜベートベンなんだろう。

㉘ これは二人の画家（　）合作で作った皿で、堂々とした富士の山（　）デザインされいる。

㉙ 陳さんは両親（　）同居できる手ごろな値段（　）マンションを探しているそうだ。

㉚ 雨上がりで増水した川（　）滑って転落し、溺れかかった。

練習1（要點解說）

1 長蛇の列

表示「排隊排得很長」的比喻用語。如「順番を待つ長蛇の列（排隊等待的長列子）」，慣用句。

2 その話を聞いて、**目から鱗が落ちた**。

「目から鱗が落ちる」是「在某個狀況或是機會下，突然眼界大開而能了解事態的真相」的諺語。

3 良薬は口に苦し（忠言耳に逆らう）

表示「就如藥效好的藥一般，對有利於自己的忠告總覺得刺耳而難以聽進去」的意思，是「良藥苦口」的諺語，下接「忠言逆耳」。

4 行く**には**行く**が**、いつ行けるか。

「～には～が」與「～ことは～が」意義相似。是「（針對某事）做是做了但～」的意思。

練習1（中譯）

1 家父因每天習以為常地做２小時運動，所以就是下雨也外出到公園做運動。

2 Ａ：特賣的會場因在12樓，我們坐電梯去吧。

Ｂ：可是，你看看。排得那麼長。

Ａ：嗯。那麼就坐電扶梯吧！

3 今天一整天都騎著摩托車在外工作，所以臉上都是灰塵。

4 目前業績成長得最快的這家公司的社長年齡才過30而已。

5 不具自己的見解，輕易地贊同別人的說辭的叫做隨聲附和。

6 聽了那麼一席話，使我恍然大悟。

7 因地球暖化，連南極的冰層都在溶化。

8 之前我一天喝了好幾杯咖啡，最近都不太想喝。嗜好變了。

9 今天開會時分發的便當散發出春天的當令食材的香氣，實在是好吃極了。

10 小野小姐是以紐約為據點的活躍的鋼琴家。

11 Ａ：這就是颱風過後的水庫。

Ｂ：啊啊，真是慘不忍睹。水庫裡的水不都變成咖啡色了嘛。我們每天都飲用這裡的水咧！

Ａ：是啊。

12 據說那幅日本畫的大師的作品只有30公分四方的大小的畫布，就值300萬日圓。

13 我總覺得身體熱熱的。可能是感冒了。

14 Ａ：這是立春後第八十八天所摘的茶，味道怎麼樣？

Ｂ：謝謝你。啊，果然新茶就是好喝啊。而且茶香也很濃郁。

15 這種做法完全找不出解決辦法。考慮別的方法吧。

16 富士山再怎麼爬，所能眺望到的就好像只是在爬一大遍的土地和岩石所形成的丘陵的一座山。

17 持續不斷地高度經濟成長的日本也在1990年以後陷入了負成長。

18 Ａ：今年的柿子也結成了漂亮的色澤了。

Ｂ：嗯。柿子是讓人感到秋意的水果。

Ａ：對了，日本自古不就有一句話「說當柿子成熟時、醫生的臉就變綠」。

⑲ 我驚嘆並佩服那位演員扣人心弦的演技。

⑳ 良藥苦口。若想要早日治好病，再怎麼苦也要忍耐地喝下去。

㉑ 據報導現代人幾乎青菜的攝取量不足。

㉒ 我去是會去，只是何時能去不知道。

㉓ A：我們就吃些甜點休息一下吧！

　B：是啊。在用腦時還是有必要補充糖分的。

㉔ 日本在冬至時分有吃南瓜、泡柚子湯澡的習慣。

㉕ 今年也只剩15分鐘就要迎接新年了。

㉖ 我們公司每年一到夏天，就會舉行以團隊精神與毅力為號召的例行登富士山活動。

㉗ 在日本一到年末，到處都會舉行第九交響曲的演奏會，為什麼都選貝多芬呢？

㉘ 這是兩位畫家攜手共同製作的盤子，以氣勢磅礡的富士山為圖案。

㉙ 據說陳先生（小姐）正在尋找能與雙親一起居住的合適價格的公寓。

㉚ 因跌落到剛下過雨的暴漲的河川裡，差點溺斃。

練習１解答

1 を、ても、に　**2** の、で、の、に　**3** ×、の、が

4 が（の）、は　**5** が、に　**6** が　**7** で、まで　**8** に、が、が

9 は、が　**10** に　**11** が、が、は　**12** は、の、でも　**13** が、を

14 に、は、も　**15** が、の　**16** ても、ても、を　**17** を、に

18 が、を、と　**19** に　**20** に、ても　**21** の、の　**22** には、か

23 か、×、を、が　**24** に、に　**25** で　**26** で　**27** と、が

28 が、が　**29** と、の　**30** に

練習 2

次の問題の（　）の中にひらがなを一つ入れなさい。必要でないときは×を入れなさい。

1 日本では毎年春になると、花粉症（　）悩まされる人が多い。

2 花粉症とはある種の花粉（　）吸入するために起きるアレルギー性（　）炎症のことをいう。

3 いくら頼んでも、彼は返事（　）（　）で、なかなかやってくれない。

4 高速道路にトラック（　）事故で止まっているため、上り方面は３キロ（　）わたって渋滞している。

5 わが家の庭（　）大きな木蓮の木（　）１本ある。木蓮は毎年、冬の終わり（　）、豪華な白い花（　）木いっぱいにつけてくれる。

6 ようやく仕事（　）軌道に乗ってきた。

7 年末にやっておかなければならないこと（　）ひとつに、一年の汚れ（　）落とす大掃除がある。

8 そろそろ忘年会など（　）お酒を飲む（　）機会が多くなってきた。

9 昨日、春一番（　）吹いたから、明日あたり寒さ（　）戻るかもしれない。

10 東京タワー（　）昭和33年に造られた。地震、台風の脅威（　）さらされる東京に造られた世界一の鉄塔（　）当時世界各国（　）大きな衝撃を与えた。　（NHK『プロジェクトX』より）

11 論語読み（　）論語知らず。

12 再度、詳しく調べたところ、ついに真実（　）証明された。

⑬ 待ち合わせの時間（　）（　）あと１時間もある。デパートに入って時間（　）（　）つぶそう。

⑭ 大きい地震があったばかり（　）ところへ転勤（　）決まった。

⑮ 彼は無類（　）酒好きであった。（『坂の上の雲』より）

⑯ 彼の英語力は誰（　）（　）も優れていた。（『坂の上の雲』より）

⑰ 山田さん（　）この前、食べておいしかった、というレストラン（　）この店のことだったんですか。

⑱ 毎日、根（　）詰めて仕事をしているので、肩（　）こってしかたがない。

⑲ 最近は人気のある漢字（　）使って、生まれた赤ちゃん（　）名前をつけている親が多いようだ。

⑳ 今年、雨はまだ一度（　）降っていない。干ばつはひどくなる（　）（　）（　）だ。

㉑ バザー（　）買った100円の箱の中から、新聞紙（　）包まれた100万円札の束（　）４つも出てきたというニュースがあった。

㉒ 新しい大型スーパー（　）できたので、小さい店はすっかり客（　）奪われてしまって、倒産した店もある。

㉓ 欧州各地は昨日、厳しい寒波（　）見舞われ、ポーランドなどで少なくとも21人（　）凍死したという。

㉔ 気象庁によると、震源の深さ（　）約40キロ、マグニチュードは6.7（　）推定される。地震による津波（　）心配はないという。

㉕ さすがの大泥棒（　）今度ばかりは逃げられなく、御用となった。

㉖ 突然ドンと大きな音（　）したかと思うと、一台の白い車（　）急発

進して走り去って行った。

27 あの家は奥さん（　）しっかりしている。

28 同じ人間であり（　）（　）（　）朝の頭のほうが夜の頭（　）（　）どうも優秀であるらしい。

29 この飛行場は海（　）埋め立てて建設したものです。

30 海の幸は生（　）（　）煮ても焼いても白い御飯に合う。

31 冬の寒さに耐えて（　）（　）花も咲き、実（　）なる。

32 日本に漢字（　）伝わる以前、日本人（　）どんな文字を使っていたのだろうか。

33 インターネットのおかげで、世界の情報（　）瞬時にキャッチできるようになった。

34 話しかけ（　）（　）返事をしないところをみる（　）、最近、あの人は耳（　）遠くなったのだろうか。

練習2（要點解說）

❶ 論語読みの論語知らず

是諷刺「在表面上理解書本上的知識，但無法利用知識去實踐的人」的諺語。

❷ 毎日**根を詰めて**働く。

「根を詰める」是「能超越精神、肉體上的疲勞，聚精會神地完成事情」的意思，慣用句。

❸ **肩がこって**しかたがない。

「肩がこる」表達肩膀僵硬酸痛的慣用句。

❹ 冬の**寒さに耐えて**～。

「寒さに耐える」有「忍受酷寒度過嚴冬」的意思，慣用句。

❺ 冬の寒さに耐えて**こそ**花も咲き、実もなる。

「こそ」表示提示條件以當為強調。

❻ 耳が遠い

表示「耳朵重聽」，「聽覺衰退」的意思，慣用句。例如：年を取って耳が遠くなった（上了年紀所以耳朵重聽）。

練習2（中譯）

1 在日本每年一到春天因花粉症而吃盡苦頭的人很多。

2 所謂花粉症是指因為吸入某種花粉所引發的過敏性發炎。

3 就是再怎麼拜託，他只是虛與委蛇老是不肯幫忙。

4 高速道路上因卡車發生事故導致交通停滯，因此上行方向目前堵車３公里。

5 我家的院子裡有一棵大木蓮樹。木蓮樹在每年冬末時，會開出大朵的白花。

6 總算工作已步入正軌了。

7 在年末必須事先完成的工作中的一件事是清理整年污穢的大掃除。

8 馬上又是忘年會等的喝酒機會增多的季節又來臨了。

9 昨天因刮起了第一道初春的南風，所以明天起可能又要轉寒。

10 東京鐵塔建於昭和33年。在飽受地震、颱風等威脅的東京建造了世界第一高的鐵塔，在當時給全世界很大的震撼。

11 讀死書的書呆子。

12 再重啓詳細調查的結果，終於證實了真相。

13 與對方碰面的時間還有１個小時。就進百貨公司殺時間吧。

14 我要調職到剛發生大地震的地方已經定案了。

15 他當時嗜酒如命。

16 當時他的英語能力比誰都優秀。

17 之前山田先生吃過的，說是很好吃的餐廳，就是這一家啊！

18 因似乎每天都聚精會神地在工作，肩膀痠痛得不得了。

19 最近使用高人氣的漢字給新生嬰兒命名的父母親似乎蠻多的。

20 今年一次也沒下過雨。乾旱將更形嚴重。

21 有一則新聞報導說，在義賣會場買到的100日圓的箱子中，竟出現了用報紙包裹著的４捆100萬日圓。

22 因新的大賣場開張，小店的顧客全被奪走了，引發有些店鋪倒閉的情形。

23 昨天歐州各地大寒流來襲，聽說波蘭等地至少有21人被凍死了。

㉔ 依日本氣象廳說明，震央的深度約為40公里，地震規模被推定為6.7。本次地震無須擔心海嘯。

㉕ 就連大尾的偷盜，在這一次終於逃不掉，而被逮了。

㉖ 突然來了轟然的一陣大聲，然後有一輛白色的車輛急速發動飛馳而去。

㉗ 那戶人家的太太精明能幹。

㉘ 雖然是同一個人，似乎早上的頭腦思考能力比晚上來得靈光。

㉙ 這座機場是填海造地所建設而成的。

㉚ 海裡的珍味無論生食的、煮用或是燒烤的都很合白飯的口味。

㉛ 經得起冬季的酷寒才能開花，也才會結果。

㉜ 日本在傳入漢字以前，那時日本人是使用了何種文字呢？

㉝ 託網際網路之福，因而能瞬間取得世界各地的訊息。

㉞ 從跟他打招呼也不回應這點看來，最近他是不是得了重聽呢？

練習2解答

❶ に　❷ を、の　❸ だけ　❹ が、に　❺ に、が、に、を

❻ が　❼ の、を　❽ で、×　❾ が、が　❿ は、に、は、に

⓫ の　⓬ が　⓭ まで、でも　⓮ の、が　⓯ の　⓰ より

⓱ が、は　⓲ を、が　⓳ を、に　⓴ も、ばかり

㉑ で、に（で）、が　㉒ が、を　㉓ に、が　㉔ は、と、の

㉕ も　㉖ が、が　㉗ が　㉘ ながら、より　㉙ を　㉚ でも

㉛ こそ、も　㉜ が、は　㉝ が　㉞ ても、と、が

練習 3

次の問題の（　）の中にひらがなを一つ入れなさい。必要でないときは×を入れなさい。

1 嫌な仕事はできるだけ早め（　）片付けるようにしている。

2 陳　：日本では父の日にハンカチ（　）贈る人が多いそうですね。

山田：ええ。ハンカチ（　）ネクタイ（　）靴したなど（　）おもでしょうね。

陳　：どうしてお父さん（　）ハンカチなんですか。あれは別れ（　）意味するものでしょう。

山田：そうなんですか。日本にはそういう意味（　）ないですね。

3 わたしの上司は口を開けば、命令（　）（　）（　）で、どうもついていけない。

4 インフルエンザ（　）罹ってしまったので、しばらくの間、アルバイトは休まざる（　）得ない。

5 あの作家はだれも（　）おもしろいと思う作品を次（　）（　）次へと世（　）送り出している。

6 あの人は本（　）埋もれて生活しているので、何（　）（　）よく知っている。

7 今回の地震は上下（　）揺れる直下型（　）地震だった。

8 私の大学はキャンパス（　）狭くなったので、東京の郊外（　）移転することになった。

9 以前、彼はあまり元気（　）ありませんでしたが、最近は生き生きと人生（　）楽しんでいるみたいです。

10 奈良・平安時代に留学僧（　）唐よりお茶の種子を持ち帰った（　）が、わが国のお茶（　）始まりとされている。

11 先週、世界の株価（　）続落した。

12 善（　）急げだ。明日に（　）（　）さっそくAさんに連絡してみてくれないか。

13 これは昔ながら（　）伝統的なしきたりですから、やらざる（　）得ない。

14 この商店街（　）不況で客足（　）ぱったりと止まってしまった。

15 警察は手紙の筆跡（　）（　）犯人を割り出した。

16 この童話は子ども（　）向けのものだが、大人（　）読んでも、なかなかおもしろい。

17 これは口で言う（　）（　）簡単な仕事ではない。なんだったら、自分（　）やってみてください。

18 医学の進歩（　）伴い、我々（　）平均寿命も延びている。

19 この事件（　）目撃者は不思議なことに一人（　）して現れない。

20 先日、亡くなったあの作家（　）明るくて、優しい誰から（　）好かれる人柄だったと言います。

21 ただの風邪（　）過ぎないと油断をしている（　）、こじらせて肺炎になることもある。

22 低気圧（　）午後には遠ざかり、西（　）（　）晴れてくるでしょう。

23 いったん引き受けた（　）（　）には、納得のいく仕事がしたい。

24 言葉（　）違えば、考え方（　）異なる。

25 定番料理の定番とは、もともとはファッション業界（　）用語であった。

26 流行（　）左右されるファッション業界で、左右されない商品がある。これ（　）定番商品と言うそうだ。

27 彼女は自分のためには、決して（　）頭を下げるような人ではないが、人を助けるためには人（　）頭を下げている。

28 彼女はいい人なんですが、おしゃべりなの（　）玉にきずです。

29 わたし（　）このささやかなパーティー（　）みんなとの最後の集いになろうとは思ってもいなかった。

30 彼の歌には人のこころ（　）響くものがある。

31 デパートで火災（　）発生したが、係員の落ち着いた誘導（　）死傷者は一人（　）出なかった。

32 人の陰口（　）（　）（　）言っている人は、結局は人から嫌われる。

33 いくら成績（　）良くても、健康でないことには何（　）できない。

練習3（要點解說）

1 **善は急げ**

表示「認為是做好事就不要遲疑地馬上去實施」的諺語。

2 これは昔ながらの伝統的なしきたりですから、やら**ざるを得ない。**

「～ざるを得ない」表示「不得不～」的意思。

3 いったん引き受けた**からには**、納得のいく仕事がしたい。

「～からには」與「～のだから」意義相似。是「絕對～」，「既然～就要～」的意思。

4 この事件の目撃者は不思議なことに一人**として**現れ**ない。**

「一人として～ない」表示「沒有一人（一天…）～」的意思。例：一日として心休まる日はない（沒有一天覺得心情舒緩）。

練習3（中譯）

1 惱人的工作我一向都儘早將它完成。

2 陳　：聽說在日本父親節時送手帕的人蠻多的啊。

山田：是的。主要都是送手帕、領帶或是襪子等的。

陳　：為什麼送父親手帕呢？那是表示要分手的意思的啊。

山田：是嗎？在日本並沒有那種意義。

3 我的上司一開口總是命令東命令西的，真是跟不上他的腳步。

4 因患了流行感冒，所以不得不暫時休假幾天。

5 那位作家接二連三地出版了誰都覺得趣味盎然的作品。

6 他每天都生活在書堆中，所以無所不知。

7 此次的地震是上下晃動的垂直型地震。

8 我所就讀的大學因校區顯得狹窄，因此將搬往東京的郊區。

9 之前，他一點精神都沒有，但最近好像精神奕奕地在工作。

10 奈良・平安時代的留學僧侶自大唐所帶回的茶葉種子被視為是我國（日本）飲茶文化的起源。

11 上週、世界的股價持續下跌。

12 行善不宜遲疑，你明天也就馬上幫我連絡A先生看看好嗎？

13 這是從自古以來的傳統習慣，不得不照做。

14 這條商店街因不景氣客人突然裹足不前了。

15 警察是從信件的筆跡搜尋出犯人的。

16 這本童話書是為小孩寫的，但即使是成人讀了也覺趣味盎然。

17 這不是用嘴巴說說的那麼簡單的事情。不然的話，請你自己試試看。

18 隨著醫學的進步，我們的壽命也延長了。

19 不可思議的是這事件的目擊者一個也沒現身過。

20 人們說前幾天去逝的那位作家既開朗又溫文儒雅，具任誰都喜歡的人品。

21 也有認為不過是小感冒就輕忽大意結果反復發作導致肺炎的案例。

22 午後低氣壓將遠離，天氣將由西邊轉晴。

㉓ 既然做了承諾，我就想要做出自己滿意的工作。

㉔ 言語不同，想法也大相逕庭。

㉕ 定番料理的定番（必備）原本是流行服飾業的業界用語。

㉖ 被流行所左右的服飾業界裡，也有不被流行左右的商品。這種商品稱為定番（必備）商品。

㉗ 她絕不是會為了自己而向人低頭的人，但是為了幫助別人，她向人低了頭。

㉘ 她人不錯，但美中不足的是長舌。

㉙ 我並沒有想到這個小型派對會成為與大家的最後一次聚會。

㉚ 她的歌有打動人心之處。

㉛ 在百貨公司裡雖然發生了火災，但場管人員從容不迫地誘導，因此沒發生人員傷亡。

㉜ 光會在別人的背後暗地裡講壞話的人，結果是討人厭。

㉝ 不論成績多好，沒有健康的身體將一事不成。

練習3解答

❶ に　❷ を、や、や、が、に、を、は　❸ ばかり　❹ に、を

❺ が、から、に　❻ に、でも　❼ に、の　❽ が、に（へ）

❾ が、を　❿ が、の、の　⓫ が　⓬ は、でも　⓭ の、を

⓮ は、が　⓯ から　⓰ ×、が　⓱ ほど、で　⓲ に、の

⓳ の、と　⓴ は、も　㉑ に、と　㉒ は、から　㉓ から

㉔ が、も　㉕ の　㉖ に、を　㉗ ×、に　㉘ が　㉙ は、が

㉚ に　㉛ が、で、も　㉜ ばかり　㉝ が、も

練習 4

次の問題の（　）の中にひらがなを一つ入れなさい。必要でないときは×を入れなさい。

1 今度の台風による損害額（　）三億円ぐらい（　）達するそうだ。

2 皆さんは台湾の将来（　）担う精鋭たちです。

3 この日本人形の修理代は少しかかりそうだ（　）（　）（　）、修理する価値（　）十分にある。

4 冗談に（　）（　）そのようなことを口（　）してはいけない。

5 実際に調べてみる（　）、聞いた話とはまったく違う場合がある。

6 今までにないインフルエンザ（　）各地に広がっている。

7 最近のスキー場では、ニュース（　）はならないが、50歳以上と10歳未満の子どもの怪我（　）増えているそうだ。

8 血液にとって一番良くない（　）はたばこです。健康（　）いたいなら、まずたばこ（　）やめることだそうです。

9 全身（　）血液を送るために大切なのは、適度な運動で、日常的に手足を動かしている（　）がよいそうである。

10 あの人は来ると、いつも必ず何（　）忘れて行きます。

11 絵画は描いた人の人柄（　）偲ばれる。

12 世界の不景気はリーマン・ショック（Lehman Shock）による金融破たん（　）（　）起きた。

13 しかし日本の不景気（　）円が高く評価され、円（　）買われまくったことにもよっている。

14 彼は上司の命令（　）背いて、独自に事件（　）捜査を始めた。

⑮ 次から次と押し寄せてくる試練（　）打ちのめされそうになりますが、なんとか踏ん張っています。

⑯ A：アメリカへ行く飛行機（　）何番ターミナルですか。

B：インターネット（　）確認するか、直接飛行場のサービスセンター（　）問い合わせてください。

⑰ あの人（　）暴力団の幹部とは、まったく知らなかった。

⑱ 玄関の電気は消さないで、朝（　）（　）つけておきます。

⑲ 日本には「出る杭（　）打たれる」という諺（　）あるように、あまりでしゃばらないほうがいいという考え方があります。

⑳ 犬は動物（　）（　）（　）も人間の恩を忘れないという。

㉑ 減塩味噌（　）文字通り塩分（　）控えめにして作った味噌である。

㉒ 私は机（　）向かうと、どうも（　）眠くなる。

㉓ 料理の本（　）書いてある通りにケーキを作ったのですが、スポンジ（　）どうもパサパサしています。

㉔ 仕事（　）求めて、多くの人（　）ハローワークにやってくる。

㉕ パソコンなんて必要のない物（　）決め付けていた祖父（　）初心者のためのパソコン教室（　）通い始め、なんとオンラインゲームを覚えてきた。

㉖ 子ども（　）このことを知っているとは思わなかった。

㉗ 努力した甲斐（　）あって、ようやく希望していた会社（　）入ることができた。

㉘ 彼の潜在能力（　）は素晴らしいものがある。何とかそれ（　）生かしてほしいものだ。

29 そのロボットはあたかも本物である（　）のように微笑んで立っていた。（『ボッコちゃん』より）

30 うちの母親（　）あれやこれやと、いちいちうるさく（　）たまらない。

31 彼女に意見を求めましたが、下を向いた（　）（　）、何も言いませんでした。

32 本日はわざわざお時間（　）割いていただき、本当にありがとうございました。

33 加藤さんは定年退職後は、九州の田舎（　）こもり、晴耕雨読の生活を送っているらしい。

34 あの人（　）運転免許証は持っているが、免許の取得以後は、車どころか、オートバイに（　）（　）乗ったことがないそうだ。

35 近年北極から南極まで、地球上の至る所（　）温暖化（　）進行している。

練習4（要點解說）

1 冗談（じょうだん）にでも、そのようなことを**口（くち）にし**てはいけない。

「口（くち）にする」是「把話說出來」的意思。例：口（くち）にするのも不愉快（ふゆかい）な話（はなし）だ（把話說出來也讓人覺得是不愉快的事）。

2 **出（で）る杭（くい）は打（う）たれる**

是「嶄露角頭者總之容易招人忌妒或憎恨」，或是「愛多管閒事者易招怨恨」的諺語。

3 犬（いぬ）は動物（どうぶつ）**ながら**も人間（にんげん）の恩（おん）を忘（わす）れないという。

在此「ながら」表示「雖然～」，「但是～」之意。

4 本日（ほんじつ）はわざわざ**お時間（じかん）を割（さ）いて**いただきありがとうございました。

「時間（じかん）を割（さ）く」表示「在沒有多餘的時間之下，還設法安排時間去處理其他事情」。表示「特地抽空」的意思。

練習4（中譯）

1 據說此次颱風的損害金額將會達到三億日圓左右。

2 各位是肩負台灣將來的菁英們。

3 這尊日本娃娃雖然要花些修理費用，但值得修理。

4 就是說笑也不可以講這種話。

5 有時聽到的與實際查訪到的完全不一樣。

6 前所未見的流感在各地蔓延。

7 雖然不足以成為新聞，但據說最近在滑雪場上，50歲以上的成人與10歲以下孩童的受傷件數在增加中。

8 聽說對血液最不好的是抽菸，如想要保持健康，首先從戒菸開始。

9 聽說為了讓血液循環至全身，最好是做適度的運動，平常多活動手腳。

10 他每次來總是會丟三忘四地就走了。

11 繪畫可緬懷作畫者的人品風格。

12 全球的不景氣起因於美國的龍頭證券公司雷曼兄弟事件所引發的金融風暴。

13 但是，日本不景氣的原因有一部分也因日圓被看好，被大量收購所致。

14 他違背上司的命令，自行展開了案件的調查。

15 我幾乎要被接二連三蜂擁而來的考驗給擊垮，但總算能堅持下來。

16 A：往美國的飛機是在第幾航廈？

B：請上網確認或直接問機場服務中心。

17 他是黑道的要角，我真的完全不曉得。

18 玄關的電燈不要關，就點到天亮。

19 在日本人們有一種想法就如「樹大招風，有才能者易招嫉妒」的如此諺語似地，不要太出風頭為妙。

20 人們說雖然狗是動物，但不會忘記人類的恩情。

21 低鹽味噌顧名思義就是控制鹽分所製成的味噌。

22 我只要面向書桌，不知怎麼搞的就睡意難擋。

㉓ 我按照食譜做了蛋糕，但總覺得海綿粗糙乾澀。

㉔ 為了尋找工作，很多人來到了就業服務處。

㉕ 當初自認為個人電腦沒有用的祖父開始上初學者的電腦教室，竟然還學會了線上遊戲。

㉖ 我沒想到孩子會知道這件事。

㉗ 努力沒有白費，終於可以進入我理想中的公司了。

㉘ 他潛能卓越。真希望他能好好運用這份才能。

㉙ 那時那座機器人就好像真人一樣地微笑站立著。

㉚ 我媽媽那樣地這樣地事事都要嘮叨，真讓人受不了。

㉛ 我詢問了她的意見，她面朝下一句話也沒說。

㉜ 本日勞煩您特地撥出時間實在是不勝感謝。

㉝ 加藤先生好像在退休之後，要隱居九州的鄉下，過著晴耕雨讀的生活。

㉞ 他雖然持有駕照，但取得駕照後，不要說是汽車，連摩托車也沒騎過。

㉟ 這幾年從北極到南極，地球各處暖化現象不斷的在持續進行著。

練習４解答

❶ は、に　❷ を　❸ けれど、は　❹ でも、に　❺ と　❻ が
❼ に、が　❽ の、で、を　❾ に、の　❿ か　⓫ が　⓬ から
⓭ は、が　⓮ に、の　⓯ に　⓰ は、で、に　⓱ が　⓲ まで
⓳ は、が　⓴ ながら　21 は、を　22 に、×　23 に、が
24 を、が　25 と、が、に　26 が　27 が、に　28 に、を
29 か　30 は、て　31 きり　32 を　33 に　34 は、さえ
35 で、が

練習 5

次の問題の（　）の中にひらがなを一つ入れなさい。必要でないときは×を入れなさい。

1 子どもたち（　）人気のあるキャラクターには、どうやら基準（　）あるらしい。

2 それは体に比べて頭や目（　）大きいこと、頬っぺたもふっくらしていること（　）（　）が挙げられるという。

3 そう何でも順調（　）うまくこと（　）運ぶわけではない。

4 「人事（　）尽くして天命を待つ」というではないか。力（　）限りを尽くしことだし、あとは運を天（　）任せよう。

5 本日（　）お招きいただきまし（　）、どうもありがとうございました。

6 天は人の上（　）人を造らず、人の下（　）人を造らず。（福沢諭吉）

7 あの選手は大けが（　）乗り越えて、ついにオリンピックでメダル（　）手にした。

8 どうしてあなた（　）そんなことを言われなくてはならないんだ。いったい何様（　）つもりでいるんだ。

9 あの会社は都内（　）60店舗を構えている（　）自然食品のメーカーです。

10 昨今（　）金融危機により、外国企業から（　）投資が引き上げている。

11 ただいまより、2階の婦人服売り場（　）て、30分間のタイムサービス（　）行います。

⑫ ５月の連休はどこへ行っ（　）（　）混んでいるから、ピザの宅配でも頼んで、家（　）のんびりDVDでも見ていよう。

⑬ 古代の日本では、自然界の木の実・草の実（　）総称して「くだもの」と呼んでいた。

⑭ 地球温暖化の影響で海面（　）１メートル上昇した場合、台湾の面積の３分の１（　）影響を受けると言われている。

⑮ 展覧会を見に行ったついでに、上野公園（　）散策して来ました。

⑯ これは大切な手紙ですから、必ず書留（　）して出してください。

⑰ Ａ：えっ、その話、どうしてＢさん（　）知っているんですか。
Ｂ：もうみんな知っていますよ。噂は早いです（　）（　）。
Ａ：まさに「人の口（　）戸は立てられぬ」ですね。

⑱ 相撲界では４年ぶりに投票（　）新しい理事が選ばれた。

⑲ 日本でも台湾（　）（　）少子高齢化（　）大きな社会問題になってきている。

⑳ この数学の問題は難しすぎ（　）、私（　）はわかりません。

㉑ 検討を重ねた（　）結果、以上のような結論（　）至った次第です。

㉒ 彼は数年前までアメリカの大リーガー（　）ピッチャーとして活躍していました。

㉓ 彼女（　）着ていない洋服や履いていない靴など（　）ネットオークション（net auction）（　）売っている。

㉔ 鍋のお湯（　）沸騰したら、かつおぶしを入れて、火（　）止めてください。

㉕ たまには夜風（　）吹かれるのもいいものだ。

㉖ 省エネといっても、エネルギーの需要（　）増大の一途です。

㉗ 世界各国が協力して真剣に対策（　）講じないと、地球の温度（　）上がる一方です。

㉘ その事件のこと（　）、先ほどテレビのニュース（　）知り、驚いている。

㉙「我が身（　）つねって人の痛さを知れ」という諺があるように、人（　）とかく他人の苦しみや痛さに気づかずに、思いやり（　）ないことをしていることがある。

㉚ 乱気流（　）大きく揺れた飛行機の中では、生きたここち（　）しなかった。

㉛ 100歳（　）超える元気な老人たち（　）共通していることのひとつ（　）「笑い」があるという。

㉜ これはまさにフォルモサ（　）言わせた台湾ならでは（　）サイクリングロードだ。

㉝ サイクリングロード（　）レンタル自転車店を設置しておけば、外国人観光客（　）誘致にもつながる。

㉞ 普段、食べ物（　）溢れている国に住んでいると、とても信じられないと思うが、飢え（　）いまだに世界第１位（　）死亡原因となっている。

㉟ そんなつまらないこと（　）むきになって喧嘩をするとは、二人とも大人気ないですよ。

練習5（要點解說）

❶ **人事を尽くして天命を待つ**

「盡人事聽天命」的諺語。

❷ **天は人の上に人を造らず、人の下に人を造らず**

本意是「上天不在人之上面造人，也不在人之下面造人」的意思，亦即是「人生而平等」之意。

❸ オリンピックでメダルを**手にした**。

「手にする」是「將（名聲、地位、榮譽、東西…等）得手成為己物」的意思，慣用句。

❹ **人の口に戸は立てられぬ**

是「想要阻止謠傳也阻止不了」的諺語。

❺ ～結果、以上のような結論**に至った**次第です。

「～に至る」是「直到～」，「直到～才～」的意思。

❻ **我が身をつねって人の痛さを知れ**

是「與別人吃同樣的苦，然後體會到他人的痛苦」的意思。如同中文「推己及人」的諺語。

❼ 台湾**ならでは**のサイクリングロードができる。

「ならでは（の）～」表示「只有～」，「只有～才有的」的意思。

練習5（中譯）

1 廣受孩子們歡迎的公仔，似乎是有其受喜愛的準則存在。

2 聽說這個準則是，例如大頭和大眼睛，臉頰圓潤等等。

3 凡事並非如此地一帆風順。

4 不是說「盡人事聽天命」嗎？。已盡了全力了，接下來就只有將命運交給老天爺了。

5 今天承蒙您的邀請，真是非常感謝。

6 人生而平等。

7 那位選手克服了重大傷害，終於在奧運比賽中奪得獎牌。

8 為什麼非得被你說得那麼地體無完膚不可。你當你是誰啊。

9 那家公司是在東京都內擁有60間店鋪的食品製造商。

10 由於近來的金融危機，從國外來的投資正在撤資中。

11 從現在開始在２樓的仕女服飾賣場，將進行為時30分鐘的限時搶購。

12 ５月的連續假期因為到處都塞爆，我打算叫個外送披薩在家悠閒地看DVD。

13 古時候的日本，當時將自然界的樹木的果實和花草的果物通稱為水果。

14 人們說，因地球暖化如果海平面上升一公尺，台灣將有三分之一的面積受到影響。

15 我去參觀了展覽會並順道去了上野公園散心。

16 這是非常重要的信件，所以請你務必以掛號寄出。

17 Ａ：咦？這種事為什麼Ｂ小姐會曉得呢？

Ｂ：大家都知道啊。因為風聲都傳得很快。

Ａ：的確是「別人的嘴是封不住的」呀。

18 相撲界在睽違四年之後以投票方式選出了新理事。

19 無論日本或台灣，少子高齡化已逐漸演變成重大的社會問題。

20 這數學題目太難，我無法理解。

21 經過多次檢討結果，才達成了以上的結論。

22 他在幾年前還以知名投手的身份活躍於美國大聯盟。

23 她把不穿的洋裝和鞋子放到網拍上拍賣。

㉔ 請等鍋裡的水開了，然後放入柴魚片熄火。

㉕ 偶爾吹吹晚風也真是不錯。

㉖ 雖說是節約能源，能源的需要是朝著增加之一途。

㉗ 世界各國如果不再相互協力認真地採取因應對策，地球的氣溫將只升不降。

㉘ 那件事我是從電視新聞報導裏得知而感到驚訝。

㉙ 就如「推己及人」的這句諺語一樣，人總是不會注意到他人的辛苦或痛苦，有時會做出一些不會替別人設想的事情。

㉚ 因遭遇亂流，飛機內搖晃得厲害，簡直無生還的感覺

㉛ 據說百歲以上的精神飽滿的人瑞的共同特徵之一是「笑臉常開」。

㉜ 這可是令人讚嘆的，可稱為是福爾摩沙的台灣才有的腳踏車專用道路。

㉝ 如可在自行車道路的沿途設置租用腳踏車行，將會帶動外國觀光客的到訪。

㉞ 我想平時住在食物充足的國家是無法相信的，至今飢餓仍是排名世界第一的死因。

㉟ 為了那樣無聊的小事面紅耳赤地爭吵，兩個人都很幼稚。

練習5解答

❶ に、が　❷ が（の）、など　❸ に、が　❹ を、の、に

❺ は、て　❻ に、に　❼ を、を　❽ に、の　❾ に、×

❿ の、の　⓫ に、を　⓬ ても、で　⓭ を　⓮ が、が　⓯ を

⓰ に　⓱ が、から、に　⓲ で　⓳ でも、が　⓴ て、に

㉑ ×、に　㉒ で　㉓ は、を、で　㉔ が、を　㉕ に　㉖ は

㉗ を、は　㉘ は、で　㉙ を、は、の　㉚ で、が

㉛ を、に、に　㉜ と、の　㉝ に、の　㉞ で、は、の　㉟ で

N2 コース

練習 6

次の問題の（ ）の中にひらがなを一つ入れなさい。必要でないときは×を入れなさい。

1 最近は親離れ（ ）（ ）も子離れのできない親が増えてきている。

2 今日は台風（ ）学校も会社も休みですが、サービス業の人たち（ ）、暴風雨の中（ ）急ぎ足で出勤しています。

3 敬語を上手に使っ（ ）（ ）、相手に対する尊敬（ ）気持ちがなければ、使っても何の意味もない。

4 ただ微笑しているだけ（ ）老人であったが、ひとたび刀を握ると、驚くほどの武術の達人（ ）変貌した。（「日本瞥見記」『小泉八雲集』より）

5 味噌を作る（ ）（ ）簡単なようだが、けっこう時間と手間（ ）かかります。

6 自分の嫌なことは人（ ）強いるものではない。

7 疲れたときは、何（ ）考えずにボーとしているの（ ）いちばんです。

8 この小さい町（ ）開かれたのど自慢大会に、300人（ ）（ ）の人が会場に集まった。

9 除雪車（ ）来て、駅前の大通りは二時間（ ）（ ）できれいに除雪された。

10 あの店（ ）昔ながらの伝統のある味（ ）守り続けている老舗（ ）おそば屋さんです。

11 世界的（ ）活躍しているデザイナーの本山さんのファッションショー（ ）来月の10日に台北（ ）開催されることになった。

N2コース

⑫ 新しく設備投資をする（　）（　）莫大な費用（　）かかるため、今回は見送ることにした。

⑬ 地震が起きる（　）否や、彼女（　）ガスを消してドアを開けた。

⑭ いい加減な気持ち（　）勉強したものは身（　）つかない。

⑮ 我が家から公園（　）見事な桜が見えるので、毎年、家にい（　）（　）（　）にして、お花見ができる。

⑯ 休みの日は自分（　）料理を作ります。手料理（　）新鮮な食材で、栄養（　）バランスも考慮して作れますから。

⑰ この会社では干支人形（　）作っている。これから全国の小売店（　）向けて出荷されるという。

⑱ バナナ（　）好きだからといって、毎日、食べているわけではない。

⑲ 率直なところ（　）お聞かせいただけませんか。

⑳ あの人には他人を利用して得をすること（　）どんなに醜い（　）分からないのだろうか。

㉑「名物（　）旨い物なし」とは言うが、これ（　）実にうまい。

㉒ チャイム（　）鳴ったので、玄関に出てみましたが、だれ（　）いませんでした。

㉓ 階段（　）（　）は落ちるし、それに財布（　）（　）なくすとは。これがまさしく「弱り目（　）祟り目」というものです。

㉔ うちでは家庭教育（　）一環と言って、毎日、私たち子ども（　）母におふろとトイレの掃除（　）させられている。

㉕ 今年の売り上げ額（　）昨年の２倍（　）増えた。

㉖ 今この会場（　）、今年の真珠の出来栄え（　）審査する品評会が開

かれている。

㉗ この肉料理は味（　）しっかりとしみ込ませた地元ならでは（　）おいしさです。

㉘ 環境意識（　）高まったのか、最近ではエコバッグ（ego bag）（　）携帯している人が増えてきた。

㉙ ここ数年、酒の売り上げ（　）横ばい状態が続いている。

㉚ 長引く円高（　）日本の輸出企業（　）影を落とすに違いない。

㉛ あの人は何にでも口（　）出さないといられない性分のようだ。

㉜ 医者（　）なろうと思っても、そう簡単になれるものではない。

㉝ 日本人は衆知（　）集め、個人の力をチームワークという形（　）開花させてきた。　（NHK『プロジェクトX』より）

㉞ このレストランは安くておいしいせい（　）、夜の10時を過ぎても客が後（　）絶たず、店内は活気に満ちている。

㉟ 彼は入退院（　）繰り返していたが、最近は健康を取り戻し（　）（　）あるようだ。

練習6（要點解說）

❶ この小さい町で開かれたのど自慢大会に、300人**からの**人が会場に集まった。

「数量詞＋から」表示「數目的基準至少在所列舉的數量以上」的意思。

❷ 地震が起きる**や否や**～。

「～や否や～」與「～とすぐに」，「～と同時に」意義相似。是「剛一～就～」的意思。

❸ 家に**いながらにして**お花見ができる。

「いながらにして」是表示「在原地」或是「不需移動」的意思。

❹ **名物に旨い物なし**

原意是「被稱為名產的東西並不美味」的意思，也就是「名不符實」的諺語。

❺ **弱り目に祟り目**

是「屋漏又逢連夜雨」或是「禍不單行」的諺語。「弱り目」是「碰到困難或衰敗」，「祟り目」是「倒霉」的意思。

練習6（中譯）

1 與離家獨立的孩子相比，最近捨不得孩子自主獨立的父母愈來愈多了。

2 今天因颱風學校以及機關行號都休假，但從事於服務業的人們在暴風雨中正加緊腳步準備上班。

3 就算敬語可運用自如，但若沒有尊敬對方的心，即使使用了也毫無意義。

4 起初只不過是個笑咪咪的老人，然而一旦握起了武士刀，立刻化身為令人驚訝的武術高手。

5 製作味噌乍看之下似乎簡單，但卻相當花時間和費功夫。

6 己所不欲，勿施於人。

7 疲憊的時候發發呆是最好不過的。

8 在這小鎮舉行的歌唱大賽，聚集了300多人。

9 鏟雪車到來，車站前的大馬路大約兩個小時積雪就被清除了一乾二淨。

10 那家蕎麥麵店是保存有昔日的古早味的老店。

11 活躍於世界舞台的本山服裝設計師的時尚服裝秀，將在下個月的10號於台北登場。

12 因投資新設備須花一筆頗為高昂的費用，所以本次決定不實施。

13 一剛發生地震她就關掉瓦斯打開門。

14 抱著隨便的態度學習是學不到東西的。

15 因為從我家可以看見公園裡壯觀漂亮的櫻花樹，所以每年都可以待在家裡賞櫻。

16 假日我會親自做菜。親手做的菜餚可用新鮮的食材做出又能兼顧營養的飲食。

17 這間公司生產十二生肖公仔娃娃。聽說就要出貨至全國的零售店。

18 雖然我喜歡香蕉，但也不是天天吃。

19 請告訴我您坦率的意見好嗎？

20 他不知道利用別人謀取利益是多麼醜惡吧。

21 雖然人們說：「名產沒有美味的東西」，但這個實在是好吃。

22 門鈴聲響起，走出玄關一看，卻沒半個人。

23 不只是從樓梯跌下，連錢包也遺失了。這可恰似「禍不單行」。

24 在我家家母以家庭教育的一項為名，每天身為小孩子的我們都被要求清洗浴廁。

㉕ 今年的銷售額增加到了去年的兩倍。

㉖ 現在正在本場地舉行審查本年度出產的珍珠質地等級的評審會。

㉗ 這盤肉很入味、是本地才品嘗得到的美味。

㉘ 最近攜帶環保袋的人增多了。是環保意識高漲的緣故吧。

㉙ 這幾年，酒類的營業額持續著持平的狀態。

㉚ 長期持續的日圓上漲一定會對日本的出口業造成打擊。

㉛ 他似乎是具有不說出口就不自在的天性。

㉜ 將來想當醫生，也不是那麼簡單就可當的。

㉝ 日本人結合全員的智慧，將個人的力量以團隊的方式成功地展現成果至今。

㉞ 可能是這家餐廳的菜餚口味好的緣故吧，晚上過了10點以後客人還接踵而來，店內充滿了生氣。

㉟ 之前他反覆住院出院，但最近似乎漸漸地恢復健康。

練習６解答

❶ より　❷ で、は、を　❸ ても、の　❹ の、に　❺ のは、が

❻ に　❼ も、が　❽ で、から（ほど）　❾ が、ほど

❿ は、を、の　⓫ に、が、で　⓬ には、が　⓭ や、は

⓮ で、に　⓯ の、ながら　⓰ で、は、の　⓱ を、に　⓲ が

⓳ を　⓴ が、か　㉑ に、は　㉒ が、も　㉓ から、まで、に

㉔ の、は、を　㉕ は、に　㉖ で、を　㉗ を、の　㉘ が、を

㉙ は　㉚ は、に　㉛ を　㉜ に　㉝ を、で　㉞ か、を

㉟ を、つつ

練習　7

次の問題の（　）の中にひらがなを一つ入れなさい。必要でないときは×を入れなさい。

1 いつも笑っている（　）、知らず知らずのうちに免疫力（　）高まる、という実験結果がある。

2 国内産業の空洞化（　）、雇用規模の拡大（　）到底望めない。

3 「酒は百薬（　）長」と言われているが、酒で人生を棒（　）振った人もいる。

4 怠けている（　）ではなく、おなか（　）痛いので、少し休んでいるだけです。

5 龍馬の目（　）常に広い外の世界（　）向けられていた。

6 山崎課長は面倒見（　）いい人なので、部下（　）好かれている。

7 前編と後編の二冊（　）（　）なっているこの推理小説（　）今年のベストセラーに選ばれ、映画化（　）決まったという。

8 この地方では冬になると、水道管（　）凍って水（　）出なくなることがしばしばある。

9 ことによると、この「円高」傾向（　）長引くかもしれない。

10 もう少し早く相談してくれていたら、何とかしてあげられたかもしれない（　）（　）。

11 安定した生活がしたいと考えていることは、だれ（　）（　）同じである。

12 彼は一晩（　）文庫本の小説一冊（　）読みきってしまうらしい。

13 人間というものは、「金持ちになれ（　）、なる（　）（　）ケチくさくなる」とよく言われる。

⑭ 陳さんは日本のガイド試験（　）挑戦するそうだ。

⑮ ガイド試験は高校卒業以上の人であれ（　）、誰でも受けられる。

⑯ 買い物に行く前に、あのコンビニの隣りにあるATM（Automated Teller Machine）（　）ちょっとお金（　）下ろしたい。

⑰ 山菜採りに出掛け（　）、行方不明になっていた80歳のＡさん（　）自力で下山してきた。

⑱ この道はでこぼこ（　）多くて、運動靴でない（　）歩きにくい。

⑲ 今年３月に大学（　）卒業した学生の就職率（　）就職氷河期だった1999年（　）次いで２番目に低かったことが分かった。

⑳ 飛行機の緊急点検のため、飛行場（　）３時間も待たされました。

㉑ 今日（　）（　）師走。今年も余すところ（　）あと１か月となりました。

㉒ 振り込め詐欺（　）犯人グループは、あらゆる（　）手口で、お金を騙し取ろう（　）たくらんでいる。

㉓ たった一度のミス（　）これまでの努力（　）水の泡となってしまいました。

㉔ トイレ（　）芳香剤といえば、ラベンダーだが、いま人気（　）伸ばしている（　）がせっけんの香りだという。

㉕ 明日（　）気温も少し上がり、小春日和（　）なるでしょう。

㉖ 笑う門（　）は福来る。

㉗ スキー場には初心者のための講習会があっ（　）、いろいろなメニュー（　）用意されている。

㉘ この講習会は初心者と初級者（　）対象で、滑れる人には物足りないだろう。

㉙ ここ何日かぶりに雲（　）切れて、ようやく晴れ間（　）見えてきました。

㉚ ご不明な点がございましたら、何なり（　）おっしゃってくださいませ。

㉛ これはやはり総経理（　）素晴らしいリーダーシップと、優れた（　）経営手腕によるものだと思う。

㉜ 最近、人々はエコ志向（　）傾向にある。

㉝ 寒いと言っ（　）（　）、冬の寒さとは違って、庭（　）うぐいすが鳴いている。

㉞ 陳さんは小さい（　）ときから、日本のアニメを見て、日本文化（　）親しんできたという。

㉟ こんな日には、野（　）咲く花（　）探しに出かけてみるのもいいものです。

㊱ あの人はストレス（　）多いらしく、いつもイライラしている。

練習7（要點解說）

1 **酒は百薬の長**

是「如適度飲酒的話，酒是比任何藥物都對健康有益」的意思。是讚美酒的說辭，諺語。

2 酒で人生を**棒に振った**人もいる。

「棒に振る」表示「因自己的行為不檢，使得自己的辛苦或努力到頭來都付之一炬」的慣用句。

3 これまでの努力が**水の泡**となってしまった。

「水の泡」表示「自己的努力、費心都成為泡影」的慣用句。例：苦労のかいもなく水の泡となる（所花費的心思、苦心都白費，成為水中泡影）。

4 **笑う門には福来る**

「笑口總是常開的家庭，很自然地幸福就會臨門」的諺語。

5 ご不明な点がございましたら、何**なりと**おっしゃってくださいませ。

「～なり（と）」與「何でも」意義相似。是「無論何事」的意思。

練習7（中譯）

1 實驗結果顯示，隨時笑口常開不知不覺中可提升免疫力。

2 因國內產業的空洞化，無論怎麼變也無法擴大就業規模。

3 雖說酒被稱為是百藥之王，但也有人因酒而人生一敗塗地。

4 並不是我在偷懶，是因肚子痛，而略做休息。

5 坂本龍馬的眼光總是朝著寬廣無比的日本以外的世界各國。

6 山崎課長很會照顧別人，因此廣受部屬喜愛。

7 這部推理小說分上集和下集，今年被選為最暢銷小說並已決定改編為電影。

8 這地帶一到冬天時常會發生自來水管因結冰而流不出水的情形。

9 搞不好這種「日圓上漲」的趨勢會會拖很久。

10 若是早一點來找我商量，或許我多少能幫點忙。

11 想要過安定生活的想法誰都相同。

12 他好像一個晚上就讀完了整本文庫本小說。

13 人們常說「人越有錢，就越小氣」。

14 聽說陳先生（小姐）要挑戰日本的導遊考試。

15 導遊考試是若具備高中畢業以上學歷，任何人都能報考。

16 去買東西之前，我想要先到那家便利商店隔壁的提款機提款。

17 因出門採山菜而行蹤不明的80歲的Ａ老伯自力脫困下山回來。

18 這條路凹凸不平，不穿運動鞋很難行走。

19 今年三月大學畢業生的就業率已分曉，是居1999年當時就業冰河期以來的第二低的比率。

20 因飛機做臨時檢查而被迫在機場等了３個小時。

21 從今天起進入十二月。今年也只剩下一個月了。

22 詐騙集團的共犯們想盡各種辦法，企圖進行騙錢的勾當。

23 只因一次失誤到目前為止所有的努力全成了泡影。

24 談到廁所用的芳香劑就聯想到薰衣草，但目前人氣漸昇的是『肥皂』香味。

25 明天氣溫會稍稍回升，應該是小陽春的好天氣吧。

㉖ 笑口常開好運到。

㉗ 在滑雪場裡有為初學者所開的講習會，備有各類課程。

㉘ 本講習會是以初學者和初級程度的人為對象，已經會滑雪的人會覺得不過癮吧！

㉙ 這一陣子籠罩多日的烏雲飄散，總算能夠看到晴空了。

㉚ 如果有不明白的地方，無論什麼事都請提出來。

㉛ 這還是歸功於總經理的高超的領導統御，以及優越的經營手法。

㉜ 最近人們有趨向於做環境保護的意向。

㉝ 雖說冷，但與冬季的天寒地凍不同，庭院裡黃鶯正啼叫著。

㉞ 陳先生（小姐）他說從小就開始看日本的卡通影片，沉浸於日本文化至今。

㉟ 在這種好天氣，出去探尋原野上綻放的花朵也不錯呀。

㊱ 他似乎有許多壓力，總是情緒焦躁。

練習７解答

1 と、が　2 で、は　3 の、に　4 の、が　5 は、に
6 の（が）、に　7 から、が、も　8 が、が　9 は　10 のに
11 でも　12 で、を　13 ば、ほど　14 に　15 ば　16 で、を
17 て（×）、が　18 が、と　19 を、は、に　20 で
21 から、×　22 の、×、と　23 で、が　24 の、を、の
25 は、に（と）　26 に　27 て、が　28 が　29 が、が　30 と
31 の、×　32 の　33 ても、で　34 ×、に　35 に、を　36 が

練習 8

次の問題の（　）の中の①、②、③、④の中から正しいものを一つ選びなさい。

1 日本のある詩が宇宙飛行士（**① によって　② にとって　③ として　④ に対して**）宇宙で朗読された。

2 人間（**① によって　② にとって　③ として　④ に対して**）水は不可欠なものだ。

3 運転中の携帯電話は危険きわまりない（**① といって　② となって　③ とすると　④ として**）罰金刑が科せられている。

4 私（**① として　② としては　② にして　③ に関して**）山田さんの意見に賛成です。

5 裕子さんは外交官（**① にして　② に対して　③ といって　④ として**）活躍することが夢だそうです。

6 毎年四月から五月（**① にかけて　② にして　③ に通じて　④ を通して**）油桐の花が咲き誇り、白い花びらが地面に舞い落ちる。

7 NGOのある調査によると、母親（**① にとって　② に対して　③ として　④ に関して**）最も子どもを育てやすい国はノルウエー（Norway）で、その反対はアフガニスタン（Afghānistān）という調査結果がある。

8 二酸化炭素が地球温暖化に与える影響（**① にとって　② として　③ について　④ に対して**）は説明するまでもない。

9 最近、いわしなどの青魚には、DHA（Docosahexaenoic acid）やEPA（Eicosapentaenoic acid）が豊富で、ミネラルやカルシウム

も多いヘルシー食（**① となって　② にして　③ として　④ に関して**）見直されている。

⑩ 自分の生き方（**① について　② として　③ に対して　④ にして**）考えたことがありますか。

⑪ あの人は古代中国文字（**① において　② にとって　③ について　④ に関する**）関心を持っているそうです。

⑫ 明日は一人（**① として　② にして　③ に関して　④ につき**）10分ぐらいの個人面接をします。

⑬ 今週はセール期間で一ダース（**① につき　② ごとに　③ にといて　④ として**）600元で販売している。

⑭ 本日は定休日（**① として　② にとって　③ につき　④ に応じて**）お休みさせていただきます。

⑮ 幼い子ども（**① にとって　② にして　③ として　④ に対して**）そんな難しいドラマはわからない。

⑯ 消費者の要望（**① に対して　② について　③ にとって　④ に応えて**）安くて、よりよい製品を作っていく。

⑰ ここは出入り口（**① につき　② として　③ にして　④ にとって**）駐車禁止です。

⑱ 帰国（**① にとって　② に対して　③ に際して　④ に関して**）一言お礼のことばを述べさせていただきます。

⑲ この会社は業績が上がらない（**① わけで　② ために　② のせいか　④ のせいで**）株を半分売却すると発表した。

⑳ 最近は政治（**① にとって　② に対する　③ によって　④ による**）関

心が薄れている。

21 車の中に覚せい剤を隠し持っていた（**① によって　② にして　③ として　④ となって**）人気歌手のAが逮捕された。

22 医学の進歩（**① について　② にとって　③ に伴う　④ に伴い**）人々の平均寿命も延びた。

23 あの人は事件（**① として　② に対して　③ とした　④ について**）何か知っている。

24 富士山は平安時代のころ（**① までに　② までは　③ あいだに　④ からして**）登るというのではなく、見て崇めるという山であった。

25 あの人はカメラマン（**① につき　② として　③ にして　④ に対して**）テレビ局で働いている。

26 英語にしても日本語（**① に対しても　② にとっても　③ としても　④ にしても**）語学は若いときに習ったほうがいい。

27 あの先生は日本の幕末の歴史（**① として　② に対して　③ に対する　④ について**）研究しています。

28 この問題は私（**① に対して　② にとっては　③ としては　④ において**）難しい。

29 所得水準の向上（**① に従う　② につき　③ に伴い　④ を伴う**）ライフスタイルも大きく変わりつつある。

30 山田さんの漫画家としての才能は、生来の好奇心（**① に応えて　② に応じて　③ を伴って　④ とが相まって**）見事に花開いた。

練習8（要點解說）

1 明日は**一人につき**10分ぐらいの個人面接をします。

「数量詞＋につき」與「～ごとに」，「～に対して」意義相似，表示「每～」的意思。

2 本日は定休日**につき**お休みさせていただきます。

「～につき」與「～のために」意義相似，表示理由有「因為～」的意思。

3 消費者の要望**に応えて**安くて、よりよい製品を作っていく。

「～に応えて」表示「回應～」，「響應～」的意思。

4 帰国**に際して**一言お礼のことばを述べさせていただきます。

「～に際して」與「～の時にのぞんで」，「～の事態に当たって」意義相似，表示「當～的時候」，「當～之際」的意思。

5 彼の漫画家としての才能は、生来の好奇心**とが相まって**見事に花開いた。

「～（と）が相まって」與「お互いに作用しあって、いくつかの要素が重なり合って（幾個因素相互作用或重疊）」意義相似，表示「與～相結合」，「與～一起」，「與～相互作用」的意思。

練習8（中譯）

① 太空飛行員在宇宙朗誦了日本的一首詩。

② 水對人類而言是不可或缺的東西。

③ 開車時使用行動電話將因極度危險駕駛而被科以罰金。

④ 我個人是贊成山田先生的意見。

⑤ 裕子小姐的夢想是成為外交官大展長才。

⑥ 每年的四月到五月桐花盛開，白色的花瓣飄舞到地面。

⑦ 非政府組織的某個調查結果顯示對母親而言最適合養小孩的國家是挪威，最不適合的則為阿富汗。

⑧ 二氧化碳對地球的影響是無庸贅述的。

⑨ 沙丁魚等的青魚因含有豐富的DHA、EPA以及礦物質和鈣質，因此最近重新被視為是健康的食物。

⑩ 你曾思考過有關於自己如何度過一生嗎？

⑪ 聽說他對中國古代的文字抱持著高度興趣。

⑫ 明天要進行每人10分鐘左右的個別面談。

⑬ 本週是特賣週，我們正以每打600元的價格在銷售。

⑭ 本日公休。

⑮ 對幼兒來說，那麼深奧的連續劇是無法理解的。

⑯ 因應消費者的需求，今後將開發生產經濟實惠的產品。

⑰ 本出入口禁止停車。

⑱ 在即將返國之際，請容我致上謝意。

⑲ 這家公司因為無法突破營運績效，於是宣布將拋售一半的股票。

⑳ 最近人們對政治比較不關心了。

㉑ 頗有名氣的A歌星因在車上私藏興奮劑而被逮捕了。

㉒ 隨著醫學的進步，人們的平均壽命也延長了。

㉓ 他對本案件好像知道些蹊蹺。

㉔ 富士山在平安時代以前，不是用來爬的、而是用來瞻仰的山。

㉕ 他在電視台從事攝影師的工作。

㉖ 無論是英語還是日語，語言在年輕時學習較好。

㉗ 那位老師在研究有關日本幕府末期的歷史。

㉘ 這個問題對我而言很難。

㉙ 隨著所得水準的提昇生活様式也大幅地在改變。

㉚ 山田先生（小姐）的漫畫家才華和其與生俱來的好奇心的結合之下，精彩地開花結果。

練習8解答

1 ①	2 ②	3 ④	4 ②	5 ④	6 ①	7 ①	8 ③
9 ③	10 ①	11 ③	12 ④	13 ①	14 ③	15 ①	16 ④
17 ①	18 ③	19 ②	20 ②	21 ③	22 ④	23 ④	24 ②
25 ②	26 ④	27 ④	28 ②	29 ③	30 ④		

練習 9

次の問題の（　）の中にひらがなを一つ入れなさい。必要でないときは×を入れなさい。

1 せっかく楽しみにしていた（　）キャンプだった（　）（　）、夜になって雨（　）降られてしまった。

2 山田さんは国際政治（　）専門で、中でも中東情勢（　）は詳しい。

3 山田：日本での就職はどうですか。

陳　：想像していた以上に大変で、アルバイト（　）は違いますね。毎日が緊張（　）連続で、帰宅すると、もうくたくたです。

4 A：何か木の香り（　）しますね。

B：樹木から発散されている物質（　）においですよ。人はこれを全身（　）浴びると、リラックス感（　）得られるんです。

A：そうですか。森林浴（　）疲労回復に効果がある、と言われていますからね。

5 A：働いている人は、たとえ低額所得者（　）（　）、みんな税金（　）払わなければならないんですか。

B：所得（　）課税金額を満たしていない人（　）、払わなくてもいいんです。

6 ご依頼の品物（　）今週中には届くと思いますので、申し訳ございません（　）、少々お待ちくださいませんか。

7 客　：この二つ（　）箱をいっしょにお願いします。

店員：あのう、宅配便は例外（　）除いて、一枚の伝票番号につき、1個のみ（　）お取り扱いとなっていますが。

客　：そうですか。それでは、伝票は２枚で、送料（　）別々ということですね。

⑧ 彼は深々と頭（　）下げてから、あいさつ（　）言葉を述べた。

⑨ 上京して一年（　）経った。だが、彼はまだ自分のしたい（　）仕事は何なのか、まだ見つけられないでいる。（『坂の上の雲』より）

⑩ この会社は日本食（　）興味のある海外の富裕層（　）ターゲットに海外展開をしている。

⑪ あの人は法律（　）明るいから、あの人（　）相談してみましょう。

⑫ 就職するつもりだったが、不況（　）就職口がなく、やむなく進学（　）変更した。

⑬ 彼はいつ（　）首相になるんだ、という野心（　）抱いている。

⑭ 日本の寿司職人（　）世界では、過酷な見習い仕事（　）（　）、一人前として認められるようになる（　）（　）10年かかると言われている。

⑮ 東京都では事故防止（　）図るため、都営バスのすべてにドライブレコーダー（drive recorder）（　）設置を決めた。

⑯ 閉園の危機（　）直面していた創業80年の遊園地（　）リニューアルオープンした。

⑰ 何かいい就職先（　）あったら、紹介してくださいませんか。

⑱ 昨日、創立30周年を祝う式典（　）本社で行われた。

⑲ 証言台（　）立つことをついに彼女が承諾してくれた。

⑳ 世論調査によると、政府の支持率（　）下落の一方だ。

㉑ 図書館で本を借りた（　）（　）で、まだ読んでいない。

22 この会社は経営不振（　）あえいでいる。

23 日本で生まれたパンダ（　）花嫁を探すために、中国の北京へ旅立っていった。

24 最近はありとあらゆる手口の詐欺電話（　）よくかかってくる。

25 窓（　）ぴったりと閉めきっていると、空気の流れ（　）なくて、気分が悪くなる。

26 申し訳ございません。ちょっとお電話（　）遠いようなんですが。

27 夜の10時半ごろ、自転車でアルバイト（　）（　）帰る途中、ひったくり（　）被害に遭ってしまった。

28 すぐに警察（　）通報したが、犯人（　）まだ捕まっていない。

29 さあ、ゴールデンウイークも終ったことだ（　）、また気（　）引き締めてがんばりましょう。

30 この島は四季（　）問わず、豊かな緑と色とりどりの花が楽しめる。

31 母はあれ（　）これやと開店初日のデパート（　）、広告の商品をたくさん買ってきた。

32 最近の医療（　）科学の進歩に伴い、技術的（　）は不可能なことはなくなったように見えるが、まだ解明されていない病気もある。

練習9（要點解說）

1 法律**に明るい**

「～に明るい」表示「對～熟悉」的意思。例：法律に明るい（對法律熟悉）。慣用句。

2 この会社は経営不振**にあえいで**いる。

「に」表示「心理狀態或是動作作用所指向的對象，或某狀態所形成的原因」。「～にあえぐ」表示「為重大壓力或貧困等而煩惱」的意思。例：不況にあえぐ（為不景氣所困）。

3 申し訳ございません。ちょっと**お電話が遠い**ようなんですが。

在通電話時，起初以「申し訳ございません」先向對方表歉意後再以「受話器が口元から遠いので、声が小さくて聞き取りにくい（〈話筒離嘴邊太遠〉電話聽不清楚）」的電話用語的表達方式。

4 この島は四季**を問わず**、豊かな緑と色とりどりの花が楽しめる。

「～を問わず」與「～とは関係なく」意義相似，表示「不論～」的意思。

練習9（中譯）

1 原本是興高采烈期待已久的露營，到了夜晚卻遇上了下雨。

2 山田先生專長於國際政治，其中對中東局勢知之甚詳。

3 山田：你在日本工作得怎麼樣？

陳　：比我想像的還要辛苦，與打工截然不同。每天都緊張度日，一回到家都累癱了。

4 A：好像聞到某些樹木的香氣耶。

B：是從樹木散發出的一些物質的氣味喔。人只要置身沐浴在這氣味中，就會得到身心放鬆的感覺。

A：是這樣子的啊！難怪大家都說森林浴對恢復疲勞效果顯著囉。

5 A：在工作的人就連低所得者也都需要繳稅嗎？

B：未達到課稅額者可不必繳稅。

6 您所託付的東西本週内就會送達，請您稍候。

7 客　：這兩箱也一齊請你運送。

店員：不好意思，宅急便除了特例，不然都是一張傳票只處理一件物品的。

客　：是嗎，那麼，就是要兩張送貨單，運費分開計算囉。

8 他深深地一鞠躬然後開始致詞。

9 他來了東京已經一年了。然而、他還沒發現自己所喜歡的工作到底是什麼。

10 這家公司以對日本料理有興緻的海外富裕層為對象正在開拓海外市場。

11 他熟悉法律，我們就跟他商量看看吧。

12 原本打算去就業，但因為不景氣找不到工作，沒辦法只好改為繼續升學。

13 他懷著有朝一日能成為首相的野心。

14 聽說當日本的壽司師傅這一行，從最辛苦的見習工到被認定能獨當一面為止要花10年。

15 東京都為了預防事故發生，決定在所有都營的巴士上裝設汽車行車記錄器。

16 創業80年，面臨倒閉危機的遊樂園重新改裝開幕了。

17 如果有什麼好的職缺，可以請您介紹嗎？

18 昨天，在總公司舉行了創業30周年的慶祝會。

⑲ 她終於允諾了要站上證人台上幫忙作證。

⑳ 根據民意調查的結果，人民對政府的支持率正在下滑中。

㉑ 我只從圖書館借了書，但還沒看。

㉒ 這間公司因為經營不佳而在苟延殘喘。

㉓ 在日本出生的熊貓為了尋找配偶出發前往了北京。

㉔ 最近經常接到各種手法的詐騙電話。

㉕ 窗戶緊閉著的話，空氣不流通，會覺得很不舒服。

㉖ 實在是很抱歉。電話似乎有點聽不清楚。

㉗ 晚上十點半左右，騎著腳踏車打工回家途中，竟然遭人搶了。

㉘ 雖然馬上打了電話給警察，但嫌犯尚未落網。

㉙ 黃金周假期已告結束，接下來，讓我們收收心，開始努力吧！

㉚ 這個島嶼不分四季，可欣賞豐盛的翠綠和五顏六色的花朵。

㉛ 家母在百貨公司新開幕的第一天，這個的那個的買了許多廣告的特價品回來。

㉜ 最近隨著醫療科學的進步，看起來似乎好像已經沒有技術上無法克服的問題，但尚未解謎的病情還有很多。

練習９解答

1 ×、のに、に　**2** が、に　**3** と、の　**4** が、の、に、が、は
5 でも、を、が、は　**6** は、が　**7** の、を、の、は　**8** を、の
9 が、×　**10** に、を　**11** に、に　**12** で、に　**13** か、を
14 の、から、まで　**15** を、の　**16** に、が　**17** が　**18** が
19 に　**20** は　**21** きり（だけ）　**22** に　**23** が　**24** が
25 を、が　**26** が　**27** から、の　**28** に、は　**29** し、を　**30** を
31 や、で　**32** は、に

練習 10

次の問題の（　）の中にひらがなを一つ入れなさい。必要でないときは×を入れなさい。

1 この度はたいへんご迷惑（　）おかけして、本当に申し訳ございませんでした。

2 立て続けによる原油値上げ（　）あおりで、海外旅行に出かける人（　）減ってきた。

3 環境汚染はただその国の問題（　）（　）ならず、今や全世界の問題である。

4 A：卒業試験（　）終わったら、旅行に行きませんか。

B：いいですね。社会（　）出る前に、一度、海外旅行がしたいですね。

A：北海道はどうですか。北海道の雪（　）5月から溶け始めて、花もそれに合わせる（　）のように咲き始めるんだそうですよ。

B：6月はラベンダーの咲く季節だ（　）、いいかもしれませんね。じゃ、私はアルバイトしたお金（　）行こうかしら。

5 たばこ増税（　）受けて喫煙者の62%（　）「この機会にたばこをやめたいと思う」と答えていること（　）アンケート調査の結果で分かった。

6 この施設は認知症の高齢者（　）対象として、60代～90代の計9人（　）入居している。

7 一日に一、二時間ぐらい心（　）糧となるような読書がしたいものだ。

8 佐藤さん（　）飲食業から不動産業（　）転職し、成功（　）収めたようだ。

9 この民宿の屋上（　）は、360度ぐるりと見渡せる（　）天体望遠鏡が備え付けてある。

10 こたつ（　）入ってみかんを食べるという（　）は、いかにも日本の冬の図式です。

11 留学（　）終えて帰国したら、公務員試験を受けるよう父（　）言われている。

12 夏目漱石（　）明治の文豪であるということは、言うまでもない。

13 彼は50歳（　）５回目の結婚をしたが、もう破局のうわさ（　）聞こえてきた。

14 恒例のチューリップ祭り（　）迎えたが、今年は天候不順（　）影響し、まだつぼみの状態だ。

15 満開の桜の下（　）おにぎりなどを食べている光景（　）こころ温まる春（　）風景です。

16 最近、彼の成績（　）うなぎのぼりです。

17 休日になると、サイクリング（　）楽しむ人が増えてきている。

18 最近、台湾でも自転車（　）新たなレジャー用品として人気（　）集めている。

19 「花より団子」って、どういう（　）意味ですか。

20 一種（　）癖だろうか。彼は写真を撮るとき、よく前髪（　）かきあげる。

21 その節（　）ありがとうございました。

㉒ 山田先生は信念（　）貫く人だ。

㉓ 「憎しみ（　）（　）は何も生まれない、と母（　）教えてくれた」

（NHK『龍馬伝』より）

㉔ この惣菜加工会社には、全国チェーン（　）コンビニやスーパーから注文（　）殺到しているそうだ。

㉕ 5年前、外国へ行った（　）（　）、彼からは何（　）連絡もない。

㉖ 国境（　）長いトンネルをぬける（　）雪国であった。（『雪国』より）

㉗ 人にはだれ（　）（　）多かれ少なかれ癖がある。

㉘ 地平線の彼方（　）沈む夕日。その地平線（　）今まさに夕日を飲み込もうとしている。

㉙ 毎日世界のどこかで、飢え（　）原因で、6秒に一人が命（　）落としているという。

㉚ 北海道流のお花見（　）ジンギスカン料理は欠かせないそうだ。

練習10（要點解說）

❶ 環境汚染（かんきょうおせん）は**ただ**その国（くに）**のみならず**、～。

「ただ～のみならず」與「ただ～だけでなく」，「ただ～だけでなく～も」的意義相似，表示「不只～」的意思。

❷ **心（こころ）の糧（かて）**

表示「對豐富精神能發揮作用」的東西。例：心（こころ）の糧（かて）となる書物（しょもつ）（當為精神食糧的書籍）。

❸ **花（はな）より団子（だんご）**

比喻「與其注重外觀倒不如追求實質利益」的諺語。

❹ その**節**（せつ）はありがとうございました。

「～節（せつ）（は）」表示「～的時候」的意思。

練習10（中譯）

1 此次給您添了麻煩，真是萬分抱歉。

2 受原油價格持續上漲的衝擊，到海外旅遊的人數減少了。

3 環境污染不止是該國的問題，現今已是全世界的問題了。

4 A：畢業考結束後，要不要去旅行？

B：好耶！在出社會前我想去國外旅遊。

A：北海道怎樣呢？聽說北海道的雪從五月開始融化，花朵也和融雪相呼應似地開始綻放呢。

B：六月是薰衣草的花季，說不定會很棒喔。那麼，我就用打工的錢去旅遊吧！

5 從問卷調查的結果得知，課徵香菸稅後的吸菸者當中有62%回答：「想趁此機會戒菸」。

6 這所安養院是以罹患老人癡呆症的高齡者為對象，從60歲到90歲共有９人入住其中。

7 聽說每天花二、三小時讀書當為精神食糧甚好。

8 佐藤先生似乎成功地從餐飲業轉行到不動產業。

9 在這家民宿的屋頂上，備有一座可以360度迴轉眺望的天文望眼鏡。

10 坐在暖爐桌裡吃橘子，可說是日本冬季的代表性居家畫面。

11 完成留學後一返國，父親就諭知我去參加公務員考試。

12 用不著說，夏目漱石是明治時代的大文豪。

13 他以50歲之齡第五度結婚，但已經聽到了婚姻破裂的傳聞。

14 例行的鬱金香節又來臨了，但是今年因受天候不順的影響，理應盛開的鬱金香卻仍含苞待放。

15 在盛開的櫻花樹下吃著飯糰等的光景，是讓人覺得溫馨的春天景象。

16 最近，他的成績扶搖直上。

17 至目前為止每到假日，享受騎自行車兜風樂趣的人正與日俱增中。

18 最近，自行車在台灣也成為新興的休閒工具而大受歡迎。

19 「賞花倒不如果腹」是什麼意思呢？

20 是一種習慣吧！他常常在照相時把前面的頭髮往上撥。

21 上次真感謝您。

22 山田先生是個貫徹自己信念的人。

㉓「母親教導了我說憎恨並不能得到什麼」

㉔ 這家做菜餚的加工廠接到了全國性連鎖店以及超市蜂湧而來的訂單。

㉕ 他在５年前出國以來，從來沒有再聯絡過。

㉖ 穿過了邊境的漫長隧道，就是雪國。

㉗ 人多多少少都有壞毛病或癖性。

㉘ 在地平線彼方日落的夕陽。此刻的地平線就好似正要將夕陽吞沒。

㉙ 每天每６秒鐘就有一人在世界的某個角落因飢餓而喪失生命。

㉚ 聽說北海道式的賞花宴中成吉思汗（蒙古）烤肉是不可或缺的料理。

練習10解答

❶ を　❷ の、が　❸ のみ　❹ が、に、は、か、し、で

❺ を、が、が　❻ を、が　❼ の　❽ は、に、を　❾ に、×

❿ に、の　⓫ を、に　⓬ が　⓭ で、が　⓮ を、が

⓯ で、は、の　⓰ は　⓱ を　⓲ が、を　⓳ ×　⓴ の、を

㉑ は　㉒ を　㉓ から、が　㉔ の、が　㉕ きり、の

㉖ の、と　㉗ でも　㉘ に、が　㉙ が、を　㉚ に

練習 11

次の問題の（　）の中にひらがなを一つ入れなさい。必要でないときは×を入れなさい。

1 働く（　）（　）には、世のため、人のために働こう。

2 この町では住民（　）交替でパトロールをしているので、多かった青少年の犯罪事件（　）減ってきているそうだ。

3 退院したばかりな（　）（　）、もう会社へ行くなんて、無理は絶対に禁物です。

4 事実は小説（　）（　）も奇なり。だから人生（　）おもしろい。

5 最近は女性（　）富士登山が増えているが、富士山は明治の初め（　）（　）は女人禁制の山であった。

6 間違い電話（　）かけた方（　）受けた方も、その人の人柄（　）モロに出る。

7 人間の適応能力（　）素晴らしいもので、極寒の地（　）（　）灼熱の大地（　）（　）人は生活していくことができる。

8 体は成長しても、精神的（　）自立していない大人がいる。

9 森の奥から遠吠えが聞こえる（　）（　）で、狼はなかなか姿を現わさない。

10 北京（　）台湾観光協会事務所（　）開設された。台湾側の代表は「事務所の開設は両岸交流（　）新たな一里塚だ」とあいさつした。

11 母（　）（　）の小包には、ふるさとの懐かしい食べ物（　）ぎっしりとつまっていた。

12 カバー（cover）曲を歌っ（　）大ヒット。歌った女性歌手は「棚

（　）（　）ぼた餅」と喜んでいた。

⑬ 嫌なこと（　）言われても、露骨（　）反応しないほうがいい。

⑭ 地元の住民の意向（　）無視した過度の開発（　）うまくいくはずがないだろう。

⑮ 優れた芸術は時代や国境（　）越えて、人々に愛される何（　）を持っている。

⑯ 大型連休の帰省・行楽客のUターン・ラッシュ（　）本格化し、高速道路（　）ところどころで、30キロから40キロの激しい（　）渋滞が続いている。

⑰ 課長：あ、陳くん、この間の会議（　）決定した沖縄マーケット調査の件、来週あたり出張（　）行ってきてください。

陳　：直販（　）よるマーケットリサーチですね。

課長：そうです。沖縄でどのぐらいの売り上げ（　）見込めるかを、探ってきてほしい。今日中（　）ちょっと予定を立ててみてくれないか。

陳　：かしこまりました。

⑱ この映画館（　）週末にしては、ずいぶんと空席（　）目立つ。

⑲ ヨガの修行僧は死ぬ（　）（　）苦しい修行をしているという。

⑳ あるテレビの番組によると、最近、睡眠障害の症状（　）訴えている人は日本国内だけ（　）（　）、５人に一人いるという。

㉑ 体（　）疲れていても、ストレスが多いと、脳（　）覚醒していて眠れないらしい。

㉒ 東京マラソンの当日、警視庁（　）約5,000人の人員（　）配置し

て、警備しているという。

㉓ 彼（　）個人成績や記録にはケチ（　）つけようがない。しかし、なぜかチームの勝利（　）結び付かない。

㉔ 弟は先ほど、ようやく勉強を始めた（　）と思ったら、もうネットゲーム（　）夢中になっている。

㉕ 一人（　）できること（　）は限界がある。

㉖ 私（　）政治の世界に入るきっかけ（　）伯父の影響が大きかった。

㉗ 今回の不祥事（　）危機管理の不備（　）浮き彫りにされてきた。

㉘ 今日は朝から仕事（　）立て込んでいて、午後４時すぎにようやく昼食（　）ありつけた。

㉙ 健康ブーム（　）サプリメント（dietary supplement）を飲む人（　）増えている一方、健康被害の報告（　）増加傾向にある。

㉚ 子供時代の夢（　）そのまま実現できる人（　）まれであり、その意味ではＡさん（　）幸せな人だ。

練習11（要點解說）

❶ 事実は小説より（も）奇なり

比喻「現實世界所發生的事情，比小說家所寫的小說還來得離奇複雜」的諺語。

❷ 棚からぼた餅

原意是「從棚架上掉下來的牡丹餅」，比喻「得來全不費工夫」的諺語。

練習11（中譯）

1 如決定要工作的話，就要為社會，為人們工作。

2 聽說這小鎮因為有居民輪班巡邏，所以之前常有的青少年犯罪事件至今似乎已日漸減少。

3 明明才剛出院就要去上班，這麼勉強是大忌。

4 事實比小說來得撲朔迷離，所以人生才會如此趣味橫生。

5 最近女性攀登富士山的增多了，但一直到明治初期，富士山是禁止女性攀登的。

6 打錯電話時撥話者與接電話者的性格都會表露無遺。

7 人類的適應能力很強，在冰寒地凍的地帶或是灼熱不堪的大地人都能生活下去。

8 有的大人即使身體成熟了，精神上仍然無法獨立自主

9 只能聽見從森林深處傳來狼嚎，始終未出現狼的蹤影。

10 在北京新設了台灣觀光協會事務所。台灣方面的代表致詞說「事務所的開設是兩岸交流的新里程碑」。

11 母親寄來的小包裹裡塞滿了令人懷念的家鄉食品。

12 唱了改編曲而大受歡迎。唱了這首歌的女歌星有如「天助我也，福自天降」般的高興。

13 即使被說了刺耳的話，也不要有太過率直的反應為佳。

14 不重視當地居民心聲的過度開發案，是不可能成功的。

15 卓越的藝術能跨越時代和國界，且具有人見人愛的某種特質。

16 長假中返鄉車潮以及出遊者的回流車潮湧現，高速公路在某些地段只有時速30到40公里的嚴重塞車狀況。

17 課長：啊、小陳上次開會決定要做沖繩的市調的那件事，下星期左右你去出差一趟。

陳　：是直銷的市場調查那件吧。

課長：對。希望你去探看一下沖繩預估能有多少營業額。你在今天排一下預定行程好嗎？

陳　：好的。

18 這間電影院就週末而言空位多得格外醒目。

19 據說瑜珈的修行僧侶們要修持生不如死般的苦行。

20 依據某電視節目的報導，最近反應有失眠問題的人在日本國內大約５人中就有一人。

㉑ 聽說即使身體疲憊不堪，但因沉重的壓力反會使腦部一直清醒而無法入眠。

㉒ 據說東京馬拉松的當天，警視廳佈署了5,000名警察做警戒。

㉓ 他的個人成績與記錄均無可挑剔。但不知怎麼的，無法為隊伍帶來勝利。

㉔ 才以為弟弟剛剛已經開始讀書了，卻忘我地沉醉在線上遊戲。

㉕ 憑藉一人之己力所能做到的事情有限。

㉖ 我踏入政界的開端是受伯父很大的影響。

㉗ 此次的不名譽事件浮現出了對危機管理的不足。

㉘ 今天從早上工作就堆積如山，下午過了４點以後好不容易總算吃了午飯。

㉙ 因健康導向服用營養補充劑的人正在增加，但因此而健康受到危害的報告也有增加的傾向。

㉚ 孩提時的夢想能成真者少之又少，依此而言Ａ先生（小姐）是位幸福的人。

練習11解答

❶ から　❷ が、が　❸ のに　❹ より、は　❺ の、まで

❻ は、も、が　❼ は、でも、でも　❽ に　❾ だけ

❿ に、が、の　⓫ から、が　⓬ て、から　⓭ を、に

⓮ を、は　⓯ を、か　⓰ が、は、×　⓱ で、に、に、が、に

⓲ は、が　⓳ ほど　⓴ を、でも　㉑ は、が　㉒ は、を

㉓ の、の、に　㉔ か（×）、に　㉕ で、に　㉖ が、は

㉗ で、が　㉘ が、に　㉙ で、が、も　㉚ を、は、は

練習 12

次の問題の（　）の中の①、②、③、④の中から正しいものを一つ選びなさい。

1 陳先生は中国語教育の専門家（**① にして　② によって　③ として　④ に関して**）日本の大学に招聘された。

2 ここは私有地（**① にとって　② につき　③ における　④ にあたって**）駐車お断。

3 日本人（**① にして　② に対して　③ にとって　④ になって**）富士山は昔から神々の住む山であり、仏たちのいる山でもあった。

4 彼女は「何が順調なのか分からないが、すべて（**① について　② において　③ にとって　④ によって**）幸せだ」と言っていた。

5 その件（**① にとって　② に対して　③ として　④ について**）は別途に時間を設けて検討しましょう。

6 フリーマーケット（flea market）で買った500円のこの焼き物は、時間が経つ（**① にとって　② につれて　③ にして　④ になって**）味わい深くなってきた。

7 70年以上も飲食していない（**① にした　② とした　③ といった　④ という**）ヨガ聖人がインドに現れ、世界が注目している。

8 空気中の二酸化炭素は植物（**① にとって　② によって　③ による　④ につき**）吸収される。

9 ゴールデンウイーク中に富士山や谷川岳で、雪や氷など（**① について　② につき　③ による　④ において**）滑落事故が相次いだ。

10 台風（**① にした　② によって　③ において　④ による**）濁流で、

10階建てのホテルがあっという間に流されてしまった。

⑪ 彼は武家の嫡男（**① という　② にとって　③ として　④ に応じて**）厳しく育てられた。

⑫ 日本で白鳥が見られるのは、10月上旬から翌年の４月（**① を通じて　② までに　③ にかかって　④ にかけて**）です。

⑬ 世界の不景気はアメリカの大手証券会社リーマンブラザーズ（Lehman Brothers）が経営破たんしたこと（**① にして　② によって　③ とした　④ となって**）起きた。

⑭ 山田さんは台湾と日本の年中行事の相違（**① について　② にとって　③ に対して　④ と関した**）レポートを書いています。

⑮ 今日から２週間、新入社員のためのマナー研修を行います。社会人（**① となって　② に対して　③ にして　④ として**）必要なマナーを身につけていただきます。

⑯ 彼女は芸能界きっての大食い（**① にして　② にとって　③ において　④ として**）有名だ。

⑰ サイクリングは年齢（**① に関せず　② を問わず　③ を聞かず　④ に応えず**）みんなが楽しめる手軽なレジャーです。

⑱ 外国とのビジネス（**① において　② について　③ に対して　④ にとって**）は、まず相手国の文化を知ったり、理解したりすることが重要だ。

⑲ あの人はすぐにカッとなる性格だったが、年齢を重ねる（**① にとって　② にして　③ にしたがって　④ に伴う**）穏やかになってきた。

⑳ 彼女は四季の変化（**① につき　② に関して　③ にとって　④ に応じ**

て）部屋のカーテンを変えている。

21 これは恵まれない子どもたち（**① のため　② のための　③ についての　④ にとって**）チャリティーコンサートです。

22 イタリア語やスペイン語は音楽家（**① にとって　② にして　③ によって　④ として**）、よく美しい言語だと言われている。

23 彼は鳴り止まない万雷の拍手（**① に従い　② に応えて　③ を受けて　④ を通して**）もう一曲演奏した。

24 あの人の家は莫大な相続（**① をめぐって　② に対して　③ にとって　④ を通じて**）いまだに骨肉の争いをしている。

25 海外（**① に当たって　② に対する　③ における　④ に応えて**）中国語学習熱はますます高まっているようだ。

26 月への旅行も将来（**① にして　② にとって　③ として　④ において**）実現するかもしれない。

27 アメリカの牛肉は一年半（**① にわたって　② にかけて　③ を通して　④ に応じて**）輸入禁止が続いた。

28 お客様の要望（**① について　② にとって　③ に関して　④ に応えて**）当店ではランチの日替わりメニューを増やした。

29 日本で就職する（**① ような　② ように　③ ための　④ のため**）在留資格を得た外国人留学生の日本企業への就職は、経済状況の悪化を反映して２年連続の減少となった。

30 業績など（**① を通して　② にとって　③ に関して　④ に応じて**）与えられる特別手当、賞与のことをボーナスという。

練習12（要點解說）

1 彼女はすべて**において**幸せだと言っていた。

「名詞＋において」表示「動作或狀態發生的時間、場合或地點」有「在～方面」的意思。

2 この焼き物は時間が経つ**につれて**味わい深くなってきた。

「～につれて」表示「兩件事務同時在進行或變動的狀態」有「隨著～」的意思。

3 あの人はすぐにカッとなる性格だったが、年齢を重ねる**にしたがって**穏やかになってきた。

「～にしたがって」表示「某件事隨著另一件事之後在進行或變動的狀態」有「隨著～」，「按照～」的意思。

4 彼女は四季の変化**に応じて**部屋のカーテンを変えている。

「～に応じて」表示「隨著某件事而產生反應」有「依～」，「隨著～」，「按照～」，「根據～」的意思。

5 あの人の家は莫大な相続**をめぐって**いまだに骨肉の争いをしている。

「～をめぐって」與「～について～」意義相似，表示「就～」，「針對～」，「有關於～」的意思。

6 海外**における**中国語学習熱はますます高まっているようだ。

「～における」表示「在～」，「在～方面」的意思。

練習12（中譯）

1 陳老師以華語教育專家的名義受聘到日本的大學。

2 本私有地，禁止停車。

3 對日本人而言富士山自古以來是衆神所居的一座山，也是諸佛雲集之山。

4 她那時說了「雖然分不出什麼事情順遂，但我凡事都感到幸福」。

5 有關那件事情，我們再另外找時間檢討吧。

6 在跳蚤市場買的這個500圓的陶器，隨著時間的經過越散發耐人尋味的美感。

7 在印度出現了70年以上不吃不喝的瑜伽大師，受到全世界的矚目。

8 空氣中的二氧化碳會被植物所吸收。

9 因冰雪滑落山谷的事件於黃金週接二連三地發生在富士山以及谷川岳。

10 因颱風造成的洪流，十層樓高的飯店在一瞬間就被沖走了。

11 他以武道世家的嫡長子身分，被嚴格教導養育成人。

12 在日本可看到白天鵝的季節是從10月上旬到隔年的４月。

13 全球的不景氣起因於美國的龍頭證券公司雷曼兄弟事件所引發的金融風暴。

14 山田小姐（先生）正在寫有關台灣和日本的節慶活動的報告。

15 從今天起為期兩週，要針對新進人員舉行禮儀研習。讓各位學習身為一個社會人士必須具備的禮儀。

16 她以在演藝界第一號的大胃王聞名。

17 騎自行車兜風是不論年齡大家都可享樂的輕易休閒活動。

18 要與外國做生意，首先要了解、並理解對方國家的文化是頗為重要。

19 他有馬上發脾氣的個性，但隨著年齡的增長已轉變為溫文儒雅。

20 她依季節的四季變化，更換房間的窗簾。

21 這是為了沒法充分受到照顧的兒童們所舉行的義演音樂會。

22 人們說義大利語和西班牙語對有些音樂家來說是美妙的言語。

23 她回應了不停如雷的掌聲又再演唱了一曲。

24 那一家人針對莫大的繼承問題，目前還在骨肉相爭中。

㉕ 海外學習中文的熱潮似乎越來越高漲。

㉖ 到月球的旅行將來說不定會實現。

㉗ 美國的牛肉這一年半以來一直禁止進口。

㉘ 為了回應顧客的要求，本店增加了每日定期更換的午餐菜色項目。

㉙ 為了在日本工作取得居留簽證資格的外國留學生，因經濟的惡化已經顯現了２年來連續減少。

㉚ 依業績而支付的特別津貼或是金錢獎賞稱為獎金。

練習12解答

1 ③	2 ②	3 ③	4 ②	5 ④	6 ②	7 ④	8 ②
9 ③	10 ④	11 ③	12 ④	13 ②	14 ①	15 ④	16 ④
17 ②	18 ①	19 ③	20 ④	21 ②	22 ③	23 ②	24 ①
25 ③	26 ④	27 ①	28 ④	29 ③	30 ④		

作者簡介

新井芳子

東吳大學　日本文化研究所碩士

曾任育達商業技術學院應用日語系專任講師、專任助理教授，銘傳大學應用日語學系專任助理教授。

現任東吳大學日本語文學系兼任助理教授。

蔡政奮

早稻田大學　商學研究所碩士

曾任職於日本花王株式會社總公司、花王（台灣）公司。

現任育達商業科技大學應用日語系專任講師。

國家圖書館出版品預行編目(CIP)資料

新日本語能力測驗對策：助詞N3.N2綜合練習集 /
新井芳子, 蔡政奮共著. -- 初版. -- 臺北市 :
鴻儒堂, 民100.01
面； 公分
ISBN 978-986-6230-04-2(平裝)
1.日語 2.助詞 3.能力測驗

803.189 99025292

新日本語能力測驗對策

助詞N3・N2綜合練習集

定價：220元

2011年（民100） 1月初版一刷

本出版社經行政院新聞局核准登記

登記證字號：局版臺業字1292號

著　　者：新井芳子・蔡政奮

發 行 所：鴻儒堂出版社

發 行 人：黃　成　業

地　　址：台北市中正區10047開封街一段19號2樓

電　　話：02-2311-3810／02-2311-3823

傳　　真：02-2361-2334

郵政劃撥：01553001

E-mail：hjt903@ms25.hinet.net

插　　畫：彭　靜　茹

鴻儒堂出版社設有網頁，歡迎多加利用

網址：http://www.hjtbook.com.tw